武蔵野

国木田独歩

現代語訳　那須田淳

理論社

■「日本文学名作シリーズ」について

言葉の壁《かべ》をこえて、古典や名作のほんとうの面白さを体験してもらいたいと企図しました。読みやすい現代語《げんだいご》を用いていますが、原文の意味をできる限《かぎ》りそのまま伝えるように努めています。このシリーズを入口にして、さらに味わい豊《ゆた》かな、原文での読書体験へとつながっていくことを願っています。

武《む》蔵《さし》野《の》

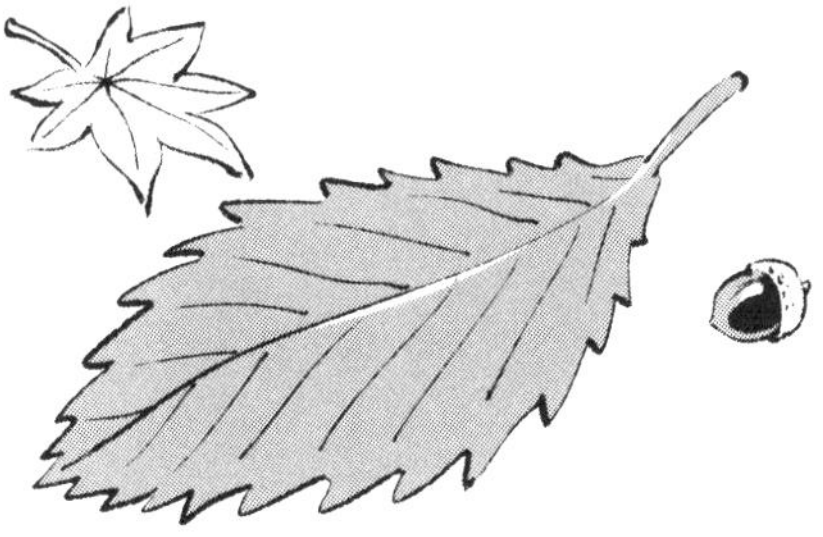

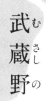

一

「武蔵野《むさしの》の面影《おもかげ》は、今でも入間郡《いるま》あたりにわずかながら残っている」

江戸《えど》時代に作られたという古い地図で、そんな文言を見たことがある。

南北朝時代の太平記によれば、小手指原《こてさしはら》から久米川《くめがわ》のあたりで、新田義貞《にったよしさだ》が、鎌倉幕府《かまくらばくふ》軍をやぶったらしい。

その地図が書かれたころよりもさらに七、八十年以上も過《す》ぎてしまったけれど、もしかしたら狭山《さやま》湖に近いその古戦場あたりには、まだまだかつての武蔵野《むさしの》平野の美しさが残っているのかもしれない。

絵や歌でうたわれた美しい武蔵野《むさしの》を、その面影《おもかげ》だけでもこの目で見たい、と思うのはおれだけではないはずだ。

「武蔵野《むさしの》が今はどうなのか」

その答えを見つけたいと思いながら、いつのまにかまた一年が過《す》ぎてしまった。

ただ、おれの力で、はたしてその答えを見つけ、だれかに伝えることができるだろうか？

できないとは言わない。でも、簡単《かんたん》なことではないだろう。

いずれにしても、それだけおれが今の武蔵野《むさしの》に魅力《みりょく》を感じているのは確《たし》かだ。

きっと同じように思う人もいるはず。

そう思って、昨秋からこの冬へかけて何度も足を運んでみたのだ。そのときどきで、自分で感じたことを書いてみようと思う。

まず、先に答えを書いてしまうと、それは、

「武蔵野《むさしの》の美しさは今も昔と変わらない」

の一言につきる。

もちろん、かつての武蔵野《むさしの》の美しさは、想像《そうぞう》以上のものだったに違《ちが》いない。

でも、実際《じっさい》にこの目で見て、そんな結論《けつろん》をせずにはいられないほど感動しているのだ。

おれは武蔵野《むさしの》の「美しさ」と言った。けれども「美しい」と言うより、むしろ「詩情《しじょう》」と言うべきだろう。うん、確《たし》かにそのほうがいい。

二

ではちょっと武蔵野《むさしの》の「今」を自分の日記から振《ふ》り返ってみよう。

明治二十九（一八九六）年の秋から、翌年《よくねん》の春のはじめごろまで、おれは東京の渋谷《しぶや》村にあった小さな茅葺《かやぶ》きの家に住んでいた。

九月七日――

「昨日も今日も南風が強く吹《ふ》いて、雲が流れ、雨が降《ふ》ったりやんだりしている。ただ、ときおり日光が雲の間から差し込《こ》み、そのときは林が一瞬輝《いっしゅんかがや》いた」

これが今の武蔵野《むさしの》の秋の始まりである。

林はまだ夏の緑を濃《こ》く残しているけれど、南風が雲を運んできて空は秋に移《うつ》ろうとしている。
雨の合間に、ときどき差し込《こ》むやわらかな陽の光が濡《ぬ》れた木々の葉をはじいて、林をきらめかせるのだ。
こんなふうにして武蔵野《むさしの》の季節は、夏から秋へとゆっくりと移《うつ》っていく。

九月十九日――
「朝、曇《くも》っていて風はない。あたりは冷たい霧《きり》が立ち込《こ》め、虫の声がよく聞こえる。天地がまだ目覚めていないみたいだ」

九月二十一日――
「秋の空は澄《す》み渡《わた》り、色づきはじめた木の葉が炎《ほのお》のように輝《かがや》く」

十月十九日――

「月がとっても明るく、林の影《かげ》は黒々としている」

十月二十五日――

「朝のうちは霧《きり》が深かったけれど、午後には晴れ、夜には月が輝《かがや》いていた。この日は、朝早く起きて、霧《きり》がまだ晴れないうちに家を出て野を歩き、林を歩いた」

十月二十六日――

「午後に林の奥《おく》までいき、座《すわ》ってあたりを見渡《みわた》し、耳を傾《かたむ》け、目を細め、黙想《もくそう》した」

十一月四日――

「空気の澄《す》んだ夕暮《ゆうぐ》れにひとり、風が吹《ふ》く野に立って、あたりを見渡《みわた》した。遠くに富士山《ふじさん》が見え、その下に連なる山々は黒々としていた。空に星が一つ浮《う》かび、あたりに夜が近づくにつれて、木々の影《かげ》がだんだんと遠のいていくのがわかった」

十一月十八日――

「夜、散歩する。足もとに青いもやがただよい、月の光が林に砕《くだ》け散っている」

十一月十九日――

「晴れ。風は清らかで、葉の露《つゆ》が冷たい。黄葉の中に、まだわずかに緑の葉を残す木々もある。人影《ひとかげ》はなく、どこかの梢《こずえ》で小鳥がさえずっていた。ひとり詩をめぐらせながら、足にまかせて近郊《きんこう》を歩いてみた」

十一月二十二日――

「夜更《よふ》け、風がすごい。葉のしずくがはげしく戸をたたくが、雨はもうやんでいるようだ」

十一月二十三日――

「昨夜の風雨のせいで、家のまわりの木の葉はほとんど散ってしまったみたいだ。

田んぼも稲《いね》がすっかり刈《か》り取られているせいか、あたりはきゅうに冬枯《ふゆが》れのさびしい景色になった」

十一月二十四日――

「木の葉はまだ完全には落ちてない。わずかに残った葉のむこう、遠くの山を望むと、なんだか懐《なつ》かしさがあふれてくる」

十一月二十六日――夜の十時に日記をつけた。

「今、外は風雨がすごい。雨音なんていうレベルではない。まさにどしゃぶりだ。ただ、今日の午後は一日中霧《きり》が立ち込《こ》めていた。犬を連れて散歩に出かけ、林の中にすわり、瞑想《めいそう》しながらあたりに耳を傾《かたむ》けてみた。そのあいだ犬は足元でうずくまり、おとなしくしていた。木々のあいだを、落ち葉をつもらせた小川がぬうように流れていくのが見えた。時々、時雨《しぐれ》が通り過《す》ぎたけれど、そのときの雨音は、やけに静かだった」

十一月二十七日――

「昨日の雨がうそのように晴れて、朝の光がおだやかに差し込《こ》んでいた。丘《おか》に立ってあたりを見渡《みわた》せば、雪をたたえた真っ白な富士山《ふじさん》が、山々の上にそびえていた。風は清く、空気は澄《す》んでいた。その様子はまさに『初冬の朝』そのもの。稲《いね》が刈《か》り取られた田んぼには水がたまり、林が逆《さか》さまに映《うつ》っていた」

十二月二日――

「今朝はいちめんに霜《しも》がおり、朝の光にきらめいていた。ただ、しばらくして薄雲《うすぐも》がかかり、きゅうに寒さがつのる」

十二月二十二日――

「雪がはじめて降《ふ》った」

三十年一月十三日――
「夜更《よふ》け。風はなく、ただ雪がしきりに降《ふ》っていた。提灯《ちょうちん》をかかげて外の様子をうかがえば、音もなく降《ふ》る雪が光にきらめいて舞《ま》っていた。ああ、武蔵野《むさしの》は静かだ。ただ、耳を澄《す》ませば、遠くの林のほうでときおりなにやら音がする。あれが風声というものだろうか」

一月十四日――
「未明の大雪で、葡萄棚《ぶどうだな》が倒《たお》れた。夜更《よふ》けには、ひゅうひゅうと梢《こずえ》を渡《わた》る風の音がしていた。ああ、あれが、かの武蔵野《むさしの》の『夜寒《よさむ》の木枯《こが》らし』なのか。屋根の軒《のき》からしたたる雪水がいまに凍《こお》るかもしれない」

一月二十日――
「美しい朝だ。空は一つも雲がなく、地面の霜柱《しもばしら》が白銀のようにきらめいている。小鳥がさえずる梢《こずえ》のあたりは、樹氷《じゅひょう》で葉が針《はり》のように光っていた」

二月八日――
「梅が咲《さ》いた。月が美しい」
三月十三日――
「真夜中、月がしずみはじめたころ、きゅうに雲が出て、風が木々を鳴らしはじめた」
三月二十一日――
「夜、きゅうに風が強くなった。春一番だろう。冬がもう終わろうとしている」

三

今の武蔵野《むさしの》の魅力《みりょく》はなんといっても林にあるだろう。

多くは楢《なら》やどんぐりの類で、冬にはすべての葉が落ち、春になると鮮《あざ》やかな新緑が芽を吹《ふ》く。そんな変化が、四季おりおりを通じて、秩父《ちちぶ》あたりから数十キロもつづく平野で見られるのだ。

日本人はこれまで、楢《なら》のような落葉樹林《らくようじゅりん》の美しさに気づいていなかったかもしれない。和歌で、「楢林《ならばやし》で時雨《しぐれ》を聞く」なんていうフレーズを見たことがあるだろうか？

おれは生まれこそ関東だが、じつは十六歳《さい》までは西日本にいた。それから東京に出てきて、かれこれ十年近くたつが、この落葉樹林《らくようじゅりん》の美しさがわかるようになったのは、じつはつい最近のことだ。

それもある小説でこんな文章を読んだのがきっかけである。

「秋も九月中ごろのこと、一日中、樺《かば》の林にすわっていたことがあった。

朝から小雨が降《ふ》りそそぎ、その晴れ間にふいに暖《あたた》かな光が差し込《こ》む。本当に気まぐれな空模様《そらもよう》だった。

空一面にふわふわした白い雲が広がっているかと思えば、ふとした瞬間《しゅんかん》にあちこちで雲が切れ、無理やり押《お》しわけたみたいな隙間《すきま》ができて、そこから、賢《かし》こい人の澄《す》んだ目のようなさわやかに晴れた青空がのぞいていた。

わたしはまわりを見て、静かに耳を傾《かたむ》けた。すると木の葉が頭上でかすかにそよぐのがわかる。そこに季節が感じられた。

それは春先の笑うような賑《にぎ》やかな声でもなく、夏のほっとするようなそよぎでもなく、べたべたひっつくような長たらしい話し声でもなかった。

もちろん晩秋《ばんしゅう》の寒さにこごえながらするおしゃべりでもない。

聞きとれるかどうかわからないぐらいのかすかな声だった。そのささやき声がしのぶように木々を伝わっていくのだ。

雨にしめった林の落ち葉に日があたって、ときどき金色の光を放った。そこに葡《え》萄色《びいろ》の大きなパアポロトニク（山菜のわらびの仲間）の群生がまじっている。

その一方で、樺《かば》の木の葉は、夏の光沢《こうたく》が色あせてしまったとはいえ、まだ青さを残していた。ただあちらこちらの若木《わかぎ》の芽は、もうすべて秋色に染《そ》まり、赤く黄色く色づいているのだった。
雨に濡《ぬ》れたばかりのそんな若木《わかぎ》の細い枝《えだ》の葉に、陽の光がときおり差し込《こ》んで、キラキラときらめかせていた」

これはロシアの文豪《ぶんごう》ツルゲーネフが書いたもので、二葉亭四迷《ふたばていしめい》が訳《やく》して『あいびき』と題した短編《たんぺん》小説のはじまりの部分だ。おれが落葉樹林《らくようじゅりん》の魅力《みりょく》に惹《ひ》かれるようになったのは、この文章のおかげだと言っていいかもしれない。

ツルゲーネフが描《えが》く景色は、もちろんロシアのものだけれど、落葉樹林《らくようじゅりん》の美しさということでは武蔵野《むさしの》も同じことだ。

もし武蔵野《むさしの》の林が楢《なら》でなければ、きっとつまらなかったはずだ。

楢《なら》だから黄葉する。黄葉するから落ち葉になる。その木立《こだち》は秋の時雨《しぐれ》にささやき、冬の木枯《こが》らしに叫《さけ》ぶ。

はげしい風が吹《ふ》けば、何千万の木の葉がいっせいに大空に舞《ま》い、小鳥の群れのように遠くに飛び去る。

そして木の葉がすべて落ちてしまうと、素《す》っ裸《ぱだか》になった何十キロにもわたる広い林の上に、澄《す》み切った冬空がひろがる。

　すると武蔵野《むさしの》は静けさにつつまれ、空気もぐんとさえて、遠くの物音までもが聞こえてくるのだ。

　おれは十月二十六日の日記に、「林の奥《おく》までいき、座《すわ》ってあたりを見渡《みわた》し、耳を傾《かたむ》け、目を細め、黙想《もくそう》した」と書いたけれど、ツルゲーネフの『あいびき』にも、同じく林の中で「耳を傾《かたむ》ける」という文がある。

　この「耳を傾《かたむ》ける」ということこそが、まさに武蔵野《むさしの》の静けさを表現《ひょうげん》しているといえるかもしれない。

　耳を傾《かたむ》けるといろんな音が聞こえてくるのだ。

　鳥の羽ばたきやさえずり、風がそよぐ音、林の奥《おく》で鳴く虫の声、荷車が林をめぐり、野道を渡《わた》る音、馬が蹄《ひづめ》で落ち葉をかき散らす音も――これは騎《き》兵《へい》の馬か、馬で遠乗りを楽しむ外国人かもしれない。

　また、村人たちが大声で話しながら小径《こみち》を通り過《す》ぎていく音や、枯《か》れ葉をふむ若《わか》い女性《じょせい》らしいつつましやかな足音、さらには軍事訓練なのか遠くから聞こえる大砲《たいほう》のドーンという音や、狩《かり》をしているのか鉄砲《てっぽう》のパーンという乾《かわ》いた音を耳にしたこともある。

おれは犬を連れて林を訪《おとず》れ、ときどき切り株《かぶ》に腰《こし》をおろして本を読む。

そんなある日のことだ。足もとに寝《ね》そべっていた犬がふいに耳を立てて、ある方向をじっと見つめたことがある。

あれは、きっと栗《くり》が落ちた音だったのではと思う。武蔵野《むさしの》には栗《くり》の木も多いのだ。

また秋の時雨《しぐれ》というのもなかなか風情《ふぜい》があってよい。

小さな山里の時雨《しぐれ》は、しばしば和歌の題材にもなっているが、この広々とした武《む》蔵野《さしの》の時雨《しぐれ》もなんともいえない。

雨が音を忍《しの》ばせながら林を越《こ》え、田畑を横切り、また林を越《こ》えて通り過《す》ぎていく。そこに武蔵野《むさしの》の静けさと優《やさ》しさを感じる。

少し前のこと、おれは北海道の深い森で時雨《しぐれ》にあったことがある。その森は人が足を踏《ふ》み入れたことがないような大森林で、そのあじわい深さは圧倒的《あっとうてき》だった。でも武蔵野《むさしの》の時雨《しぐれ》のようなどこか人なつっこくて、ささやきかけてくるような雰囲気《ふんいき》はそこにはなかった。

ともかく、きみもぜひ秋から冬にかけて武蔵野《むさしの》の林を訪《おとず》れてみたらいい。そこで耳を澄《す》ませてみてごらん、きっと心がやすまるはずだ。

それから武蔵野《むさしの》の冬の夜も素晴《すば》らしい。真冬の夜、星空の中で風が林を渡《わた》っていく様子を、何度も日記に書いた。

熊谷直好《くまがいなおよし》の和歌にこんなものがある。

よもすから木葉かたよる音きけは
　しのひに風のかよふなりけり

一晩中《ひとばん》、木の葉が少し動く音が聞こえる。きっと静かに風が吹《ふ》いているのだろう。

そういう意味の歌だが、おれがこの和歌の意味をちゃんと「わかった」のは武蔵《むさし》野《の》の村で冬を過《す》ごしてからだ。

もっとも昼間、林の中で、日の光が最も美しいと感じるのは、春の終わりから夏の始まりだろうけれど、いまはそのことには触《ふ》れないでおく。


ついで美しいのは秋の黄葉の季節だ。

ただ、その美しさとなると、文章ではどうにもうまくいい尽《つ》くせない。

日光や碓氷峠《うすいとうげ》などの紅葉《こうよう》の有名な名所はもちろんすばらしい。

けれども、武蔵野《むさしの》の広い平原の落葉樹林《らくようじゅりん》を、夕方、高台から眺《なが》めてみてほしい。

夕焼けに照らされ、林が燃《も》え立つようなその光景はまさに息を呑《の》むほどだ。

もちろん高台まで足を運ばなくても、きみには想像力《そうぞうりょく》があるだろう。

その広大な風景を思い浮《う》かべながら、武蔵野《むさしの》の林のすみっこを歩くだけでも楽しいはず。ぜひためしてみてほしい。

四

おれは十月二十五日の日記に「野を歩き、林を歩いた」と書き、十一月四日には「夕暮《ゆうぐ》れにひとり、風が吹《ふ》く野に立って、あたりを見渡《みわた》した」と書いた。ここでもう一度、ツルゲーネフの『あいびき』から文章を引っ張《ぱ》ってこよう。

「わたしは立ちどまって花束をひろいあげると、林を抜《ぬ》けて野原に出た。陽光は冷たく、あたりをぼんやりと水色に染《そ》めているだけだった。まだ日没《にちぼつ》までには早いが、もう夕焼けがほのかに空を赤く染《そ》めていた。

ふいに北風が切り株《かぶ》のむこうから吹《ふ》きつけてきて、かわいた落ち葉をからからといっせいにすくいあげながら、わたしの足元を通り過《す》ぎていった。そしてそのまま林をざわざわと揺《ゆ》らし、そこらじゅうにからみついている蜘蛛《くも》の巣をなびかせていくのだった。

その光景に、わたしはきゅうに心細くなって、その場に立ち尽《つ》くしてしまった。厳《きび》しいくたびれはてたあの冬が、すぐそこまで近づいてきているのを感じてしまったからだ。

とつぜん臆病《おくびょう》なカラスが飛び立ち、ぎょっとしているわたしを横目でにらんだかと思うと、カアとちぎれるような声で鳴き、林のむこうに飛び去っていった。すると今度は、鳩《はと》の群れが穀倉《こくそう》の屋根のあたりから舞《ま》い上がり、空の中で散らばったかと思うと野原に降《お》り立つのが見えた。

——ああ、まさに秋だ！

遠くの禿山《はげやま》を誰《だれ》かが通り過《す》ぎるのだろう、からからと車輪の音がどこかでする」

これはロシアの田園を描《えが》いたものだが、武蔵野《むさしの》の秋から冬にかけての光景もだいたいこんな感じだろう。

武蔵野《むさしの》には禿山《はげやま》こそないが、じつは平原のように見えてけっこうな高低差はあるのだ。実際《じっさい》は、山というより、ところどころにくぼんだ小さな谷があると言ったほうがいいかもしれない。

その谷の底は、ほぼ水田である。畑は高台のほうにあり、その畑と林が武蔵野《むさしの》の平原を形作っている。

とはいえ、林や野原が数キロもつづくということはまずなくて、林のまわりに農家があってそこで畑を耕《たがや》しているという感じだろう。

このように自然と人々の暮《く》らしが近い。

それが武蔵野《むさしの》の特徴《とくちょう》だと思う。北海道のような原野や大森林とは違《ちが》う面白さがここにある。

稲《いね》が実る頃《ころ》になると、谷の水田が黄色く染《そ》まる。

その稲《いね》が刈《か》り取られて、林の影《かげ》が田んぼの水面に映《うつ》る頃《ころ》になると、今度は大根の収穫《しゅうかく》を迎《むか》え、ぬかれていく。すると今度は麦畑のほうで新芽が青々としてくる。その畑のはしっこで、すすきや野菊《のぎく》が風に揺《ゆ》れるのだ。

その麦畑のわきから丘《おか》をのぼっていくと、やがて林のはずれあたりから秩父《ちちぶ》の山々が見えてくる。

山影《やまかげ》は黒く、長く横たわっていて、それはまるで地平線の上からせりだし、ゆるやかに沈《しず》んでいくように思えた。

さて、そこからが悩《なや》ましい。

その丘《おか》から畑のほうへ下るべきか、それともそのままつっきって、畑のわきの林が北風にきらめくのを眺《なが》めようか、林の中に分け入ってみようか。そう迷《まよ》ったことが実際《じっさい》、何度もある。

でもそれで困《こま》ることはない。

というのも、武蔵野《むさしの》は、たとえどの道を選んだとしても、そこになにかしら新しい発見があって、おれを失望させたりなんてしないからだ。

五

おれの友人が故郷《こきょう》からこんな手紙をよこしたことがある。

「このまえ野原の小径《こみち》を歩いていたときのこと。ふとこんなことを思ったんだ。何百年もの間、人々は朝露《あさつゆ》の美しさや、夕暮《ゆうぐ》れの雲の美しさにみとれながら、この道を行き交っていたんだろうなと。

もっとも憎《にく》く思っている相手がむこうからくるのをみつけようものなら、あわてて横道にそれることもあったはず。もちろん恋人同士《こいびとどうし》が出会えば、そこから手をとりあってふたりならんで歩きだすだろうけれどもね」

たしかに野原の小径《こみち》を歩いていれば、こんなふうに人とすれちがうこともあったりするだろう。

けれども武蔵野《むさしの》の場合はそんなわけにはいかない。というのも道じたいがけっこう迷路《めいろ》のように入り組んでいるからね。

会いたい人のもとにむかっているはずなのに、なぜかどんどん遠回りさせられたり、逆《ぎゃく》に、ぜったいにあいつには会いたくないと思っていても、ふいにその角から出てきてしまったりするし。

武蔵野《むさしの》の小径《こみち》は、右に曲がり、左に曲がり、林を抜《ぬ》けて野原を横切り、ところによっては真っ直ぐに鉄道の線路のように進むかと思えば、途中《とちゅう》で迂回《うかい》して、おなじところに戻《もど》ってくることもできる。

ただしこれだけは言っておく。武蔵野《むさしの》を散歩するときは、ぜったいに迷子《まいご》になると覚悟《かくご》したほうがいいと。ただそれを楽しんで欲《ほ》しい。どこを歩いても、そこには必ず見るべきもの、聞くべきもの、感じるべきものがあるから。

武蔵野《むさしの》の美しさは、むしろそこに通じている数千もの小径《こみち》にあるといってもいい。ただあてもなくその道を歩くことで、みつけられるのだ。

春、夏、秋、冬、朝、昼、夕、夜、月にも、雪にも、風にも、霧《きり》にも、霜《しも》にも、雨にも、時雨《しぐれ》のときでも、ただこの小径《こみち》を思いつくままに歩いてみれば、そこで必ずなにかに出会う。

これが武蔵野《むさしの》の一番の魅力《みりょく》だと、おれは思う。

日本中探《さが》して、こんな場所が、他にどこにあるだろうか。

野原と林だけではなくて、大自然と人の暮《く》らしが、こんなにも密接《みっせつ》に絡《から》み合って
いる場所は、武蔵野《むさしの》以外にはないといってもよいだろう。
もしもきみが武蔵野《むさしの》の小径《こみち》を歩いていて、ふいにみっつの分かれ道に出たとする。
そのときはあわてないことだ。
とりあえず杖《つえ》や棒切《ぼうき》れを立てて、その倒《たお》れた方向に進んでみればよい。
そうすれば小さな林につれていってくれるかもしれない。
そこで道がまた二股《ふたまた》に分かれたら、細いほうの道を選んでみたまえ。すると奇妙《きみょう》
な場所にいざなってくれるかも。
そこには奥《おく》のほうに苔《こけ》むした墓石《はかいし》がひっそり並《なら》んでいて、そのまえの空き地には
女郎花《おみなえし》が咲《さ》きみだれていることもある。頭の上で小鳥がさえずっていたりしたら、
きみは運がいい。
それからちょっと引き返して、こんどは左に進んでみようか。すぐに林がつき
て、広い野原に出るだろう。

きみの前には、なだらかな斜面《しゃめん》があり、一面のやわらかな萱《かや》がはえ、ススキが陽の光をやわらかくはじいている。

その先は畑で、さらに小さな林が見え、その上のほうには杉《すぎ》のこんもりとした森がある。そのむこうの地平線あたりには淡《あわ》い雲が浮《う》かび、はるか遠くの山々にとけこんでいるのだ。

それが十月だと、小春の日差しがのどかに降《ふ》りそそぎ、心地よい風がきみをなでてくれるはずだ。

でも、その斜面《しゃめん》をそのまま下っていくと、今まで見えていた広々とした景色はとつぜん消えて、きみは小さな谷底にいる。

そこには細長い池があって、枯《か》れた葦《あし》の先の澄《す》んだ水面に、流れる空の雲が映《うつ》っているんだな。

さらにその先にいくと、ふたたび分かれ道だ。右へ進めば林、左へ進めば坂道だ。きみはきっと坂道のほうを登ってみたくなるだろう。

というのも、武蔵野《むさしの》を散歩する人は、雄大《ゆうだい》な景色を眺《なが》めたくて、たいてい高いところに出てみたいと思うものだから。

でもそれはなかなかうまくいかない。

実際《じっさい》、武蔵野《むさしの》には見下ろせるようなそんな場所がめったにないからね。

まあ、ほんとうに道に迷《まよ》ったら、そのときは畑ではたらく農夫にきいてみたらよい。その農夫が四十歳《さい》以上なら大声でたずねてみることをおすすめする。するとふりむいて、同じようにわめくような大声でこたえてくれるだろう。

ただ、もしそこにいたのが若《わか》い娘《むすめ》なら、そばまでいって小声できくこと。でも、若者《わかもの》だったら、ちゃんと帽子《ぼうし》をとって礼儀正《れいぎただ》しくきかなくてはいけないよ。すると相手はちょっとえらそうな顔で教えてくれるのだが、そういう態度《たいど》にも腹《はら》は立てないこと。まあ東京の若者《わかもの》の近ごろのくせみたいなものだね。

これが武蔵野《むさしの》流の道のきき方というわけだな。

そして教えられたようにいくと、また分かれ道となる。

教えてもらったその道があんまりせまいので、大丈夫《だいじょうぶ》かと不安になることもあるだろう。でもかまわないからそのまま進んでみてくれ。

するととつぜん農家の庭先に出るはずだ。そこで、いつのまにか人の家に勝手に入りこんでしまったと、あわてて戻《もど》ったりしないこと。とりあえず、家の人に声をかけてきいてみるといい。

すると、いつものことみたいに「ああ、そこを出たら、すぐまた通りに出ますよ」とぶっきらぼうに言われるはずだ。

それで庭先を抜《ぬ》けると、たしかにもときた道の先に出るというわけだ。「なるほど、これが近道だったのか」と、きみは思わず笑ってしまうかもしれない。

ときに散歩していて、両側に黄葉の林が数百メートルもつづくまっすぐな道に出ることもある。そんな道をひとり歩くのもなかなか楽しい。

あたりはしんと静まり返っていて、ちょっと寂《さび》しいのがよいんだな。

もしすべての木の葉が落ちてしまったあとなら、道はすっかり落ち葉に埋《うず》もれていて、歩くたびにがさがさ音がしたりする。

林は奥《おく》まで見えて、細い梢《こずえ》の先が蒼《あお》い空をひっかいていたりすることもある。

そういう季節だと、なおさら人に会わない。そしていよいよ淋《さび》しい。

落ち葉をふむ自分の足音ばかりが耳に届《とど》き、時に一羽の山鳩《やまばと》がとつぜん、飛び去る羽音に驚《おどろ》くこともある。

帰り道は、きたときとはまた違《ちが》う道を選ぶことをおすすめする。

前の章でも書いたが、どんなに迷《まよ》ったとしても、大丈夫《だいじょうぶ》だよ。

だって、きみはどのみち武蔵野《むさしの》にいるのだから。

とりあえずあっちだろうなと方角の見当だけつけて、そのまま歩けばいい。

思いがけず美しい夕日に出会うこともある。

西日は完全には沈《しず》んでおらず、遠く富士山《ふじさん》の中腹《ちゅうふく》あたりに、黄金色《こがね》に染《そ》まった雲がたなびいていて、それが歩くうちにだんだんと形を変えていくのだ。

ただ日が沈《しず》んでしまうと、野原には風が強く吹《ふ》きはじめ、林がざわめきだす。きゅうに寒さが身に染《し》みるだろう。

そうなったら、さすがにいそいだほうがいい。

ふりかえると枯《か》れた林の梢《こずえ》の横で、新月が冷たい光を放っている。そのとき、きみは、あの与謝蕪村《よさぶそん》の名句《めいく》を思い出すだろうね。

山は暮《く》れ　野は黄昏《たそがれ》のすすきかな

六

今から三年前の夏のこと。おれは友人と遠出したことがある。

三崎町の駅から電車に乗って境駅《さかい》（いまの武蔵境《むさしさかい》）でおり、そこから北に半キロほど歩くと「桜橋《さくら》」という小さな橋に出た。

その橋を渡《わた》ると一軒《けん》の茶屋があって、その店のばあさんが、

「今頃《いまごろ》、何しに来たんだね？」

と、きいてきた。

おれは、友人と顔見あわせて、答えた。

「ただの散歩だよ」

するとお茶店のばあさんは、きゅうにばかにしたような顔になって、

「おやまあ、あんたら桜《さくら》は春に咲《さ》くのをしらないのか」

と笑うのだった。

確《たし》かにその辺りは名前でわかるように桜《さくら》の名所なのだが、おれは夏の郊外《こうがい》を歩くのもなかなか楽しいのだよと説明しようとした。でも、それはムダだった。ばあさんに「はあ、東京もんはのんきだね」とひとことで片付《かたづ》けられてしまったのだ。

おれたちは、茶店の縁台《えんだい》にこしかけ、汗《あせ》をふきながら、ばあさんがむいてくれた甜瓜《てんか》を食べ、茶屋の横を流れる小さな溝《みぞ》の水で顔を洗《あら》い、また歩きだした。

この溝《みぞ》の水は玉川上水にあたる小金井《こがねい》の水道から引いたものらしく、とても澄《す》んでいて、青々とした草の間を心地よさそうに流れている。ときどき、ぼこぼこと音を立て、小鳥がやってきて翼《つばさ》を浸《ひた》したり、喉《のど》を潤《うるお》したりするのを待っているみたいだった。けれども、ばあさんはそんなことをまったく気にもせずに、この水で朝《あさ》

晩《ばん》、鍋《なべ》や釜《かま》をがしゃがしゃと洗《あら》っているのだろう。

茶屋を出て、おれたちは、堤《つつみ》を水上のほうへとのぼっていった。

ああその日の散歩がどんなに楽しかったことか。

なるほどここは桜《さくら》の名所で、夏の暑い盛《さか》りにその堤《つつみ》をのこのこ歩くのは、おばかさんに見えるだろう。

ただ、それは武蔵野《むさしの》の夏の日の光を知らない人の話である。

空には入道雲が湧《わ》き出て、その雲の奥《おく》にさらに雲が隠《かく》れ、その間に青空がのぞく。青空と接《せっ》するその雲の色は雪のような純白《じゅんぱく》で、それでいてどこか淡《あわ》い色をしている。そのせいか空の青さがいっそう深く見えた。

これだとちっとも夏らしくないが、暑い日差しに霞《かす》んだ色の空気が空全体をかきまわし、空の様子を絶《た》え間なく変化させていた。

そして雲を裂《さ》くような強い太陽の光と、雲の影《かげ》とがそこかしこで交差し、きまぐれな自由な空気を醸《かも》し出しているのだった。

おかげで林の梢《こずえ》という梢《こずえ》の先端《せんたん》や、土手の草の葉の先まで、光と熱でうかされ、なんだか酒によってまどろんでいるように見えた。

林の先は広い野原で、そこには一面に陽炎《かげろう》がゆらゆらと漂《ただよ》っていて、長い時間、むこうを見つめるのは難《むずか》しかった。

おれたちは、暑さにあえぎながら堤《つつみ》の上を歩きつづけた。まあ、そんなことができたのも、おれたちはそれだけ若《わか》く健康だからかもしれない。


それから足にまかせて、おれたちはかなり歩きつづけたが、途中《とちゅう》、堤《つつみ》にはずっと人影《ひとかげ》はなかった。

農家の庭先からとつぜん犬が現《あらわ》れ、おれたちのほうを疑《うたぐ》り深そうな目で見たあと、怪《あや》しくないと判断《はんだん》したのか大きなあくびをして戻《もど》っていった。林のむこうでは、雄鶏《おんどり》が高く羽ばたいて、声高に鳴き、雌鳥《めんどり》たちが群れて、土手の桜《さくら》の木の陰《かげ》に休んでいるのも見えた。

おれたちはある橋の上で立ち止まり、川をのぞいた。流れは、太陽の光を反射《はんしゃ》して絶《た》えず変化しているようだった。

川の水面がとつぜん、翳《かげ》ったかと思うと、それは雲がおれたちの頭上あたりで止まったせいだ。そして雲が流れると、水上はまたきゅうにまばゆく輝《かがや》きだす。そんなときは、川の両側の林や、堤上《ていじょう》の桜《さくら》の葉までが、雨の降《ふ》ったあとの春草のように鮮《あざ》やかな緑の光を空にはじき返すのだ。

そのまま耳を澄《す》ませていると、橋の下から何ともいいようのない優《やさ》しい水音が聞こえてくることもあった。

その音が、またどこか懐《なつ》かしくて、とってもいいんだ！

そのときおれは思わずイギリスのワーズワースの詩「泉《いずみ》」を思い出していた。

“——Let us match
This water's pleasant tune
With some old Border song, or catch,
That suits a summer's noon.”
（さあ、この心地よい水の音色に合わせて歌おうよ、

国境《こっきょう》あたりの古い民謡《みんよう》でも、酒場のざれうたでもいいからさ、
なにか、夏の昼間に似《に》つかわしい歌をね）　＊那須田淳訳《なすだじゅんやく》

ふと、そのときこの詩に出てくる七十二歳《さい》の老人マシューと少年が、あの桜《さくら》の木《こ》陰《かげ》のあたりに楽しそうに座《すわ》っているような気がした。

こんな川沿《ぞ》いに住む農家の人たちは、ほんとうに幸せだと思う。

もっとも、麦わら帽子《ぼうし》とステッキ一本で、この堤《つつみ》の上を、散歩しているおれたちだってそうに違《ちが》いないが。

七

三年前のこのとき、おれと一緒《いっしょ》に小金井《こがねい》の堤《つつみ》を散歩した友人は、今では裁判官《さいばんかん》として地方で働いている。その彼《かれ》が、前回の文章を読んで、次のような長い手紙をよこした。そのままそっくりここに書き写してみる。

「武蔵野《むさしの》は、いわゆる関東平野のことではない。もちろん、かつて太田道灌《おおたどうかん》が傘《かさ》のかわりに山吹《やまぶき》の花をもらったという歴史的《れきし》な場所でもない。じゃあ、武蔵野《むさしの》っていったいどこのことなのだ、となるよね。じつは、ぼくは自分の中で、武蔵野《むさしの》はだいたいこのあたりだというふうに考えているのだ。国境《くにざかい》や村境《むらざかい》が、山や川、古い記念碑《ひ》などでここからここと決められているような感じでね。

まずぼくの武蔵野《むさしの》には、東京が含《ふく》まれている。

ただ、官庁《かんちょう》や役所がある中心地やいわゆるかつてのお江戸《えど》あたりは違《ちが》うだろう。それに近ごろ親しくなったドイツのご婦人《ふじん》が、東京は「新しい都」と言っているけれど、そういうところにはかつての面影《おもかげ》などないだろう。だからいわゆる「東京」ははずす。

ただし、都心から少し離《はな》れた郊外《こうがい》は武蔵野《むさしの》にいれる。ぼくの考えでは、武蔵野《むさしの》の魅力《みりょく》は、むしろそんな周辺の土地にこそあるって思うんだけど、違《ちが》うかな？

きみが以前に住んでいた渋谷《しぶや》の道玄坂《どうげん》や、目黒の行人坂《ぎょうにん》、あるいはきみとぼくがよく散歩した早稲田《わせだ》の鬼子母神《きしもじん》あたり。それに新宿や麻布《あざぶ》の白金《しろがね》なども武蔵野《むさしの》っぽさが残っている。武蔵野《むさしの》の魅力《みりょく》を知るには、東京もある程度《ていど》の都心まで、景色としてはいれておくほうが良いと思う。まあ武蔵野《むさしの》の全体像《ぞう》としては、なるべく広い範《はん》囲《い》をつかんでおく必要があるだろう。

きみの文章に、武蔵野《むさしの》ほど『大自然と人の暮《く》らしが密接《みっせつ》に絡《から》み合っている場所はない』とあったよね。そのとおりだとぼくも思う。

以前、弟を連れて多摩《たま》川へ遠足に出かけたとき、家並《いえな》みと雑木林《ぞうきばやし》が交互《こうご》になっているのに気づいたことがある。村で人に会い、その先の林でたぬきやいろんな動物をみかけ、さらに草や木しかないところもあった。それからまた集落があるんだよな。まさに自然の中に人々の暮《く》らしがとけこんでいる感じで、それがほんと不思議に感じたものだ。

あれこそが武蔵野《むさしの》なのだろう。

だから武蔵野《むさしの》には、大自然だけではなくて、そこかしこにある電車の駅や、集落といった人の暮《く》らしの匂《にお》いがする場所も必要だ。

そして、ぜったいに多摩川《たま》も武蔵野《むさしの》に含《ふく》めなければいけないよ。多摩川《たま》はいわゆる和歌の枕詞《まくらことば》で美しい川を意味する『玉川』の一つだが、武蔵野《むさしの》の多摩川《たま》のような川は、他にどこにもないと思う。

東京とその近郊《きんこう》がつながるあたりの多摩川《たま》の田んぼと低い林に連なる場所なんてもうすてきの一言だ。

さてその武蔵野《むさしの》の範囲《はんい》だけれど、まず東のほうを見てみよう。

そっちはけっこうひらけていて田んぼばかりが目立って地平線も低いけれど、とくに亀井戸《かめいど》の金糸堀《ぼり》のあたりから木下川《きね》あたりへかけては武蔵野《むさしの》に含《ふく》めたい。そのあたりから富士山《ふじさん》や筑波山《つくば》を眺《なが》めたらそのよさがよくわかるだろう。ただし東京の南北に関してはぜんぜんだめ。たぶん地形と鉄道のせいで、武蔵野《むさしの》の面影《おもかげ》はほとんどないからな。

だから、ぼくは、武蔵野《むさしの》は、まず雑司ヶ谷《ぞうしがや》から始め、そこから板橋の中山道《なかせんどう》の西側を通って川越《かわごえ》近辺までとしておく。

それからきみが古い地図で示《しめ》していた埼玉のあの入間《いるま》郡から、円を描《えが》くように甲《こう》武《ぶ》線（いまの中央線）の立川駅あたりまでを含《ふく》めたい。そこには所沢《ところざわ》や田無《たなし》などの駅もあり、とくに夏の緑が深いころがすばらしい。

それで立川からは多摩《たま》川ぞいに上丸《かみまる》まで下るけど、ただし八王子は武蔵野《むさしの》にはいれないよ。そして丸子から下目黒まで戻《もど》る。そのへんには布田《ふだ》、登戸《のぼりと》、二子《ふたこ》などの土地があり、それぞれによいのだ。

これが武蔵野《むさしの》の西側である。

東側はやはり、亀井戸《かめいど》あたりから小松川へかけて、それから木下《きね》川から千住《せんじゅ》近くまでとするという考えはどうだろう。

ただ、このあたりはもしきみと意見が違《ちが》ったらはずしてもいい。ただ、あそこにも武蔵野《むさしの》がまだ残っている気がするんだけどな」

八

おれはこの友人の意見とほぼ同じだ。

とりわけ東京の都心も少しはずれたあたりなら武蔵野《むさしの》にいれていいのではというのは大賛成《さんせい》だ。じつをいうと、おれもずっとまえからそう考えていたんだ。

ところで今回は、あの友人も書いていた武蔵野《むさしの》を流れる川のことについてもう少しふれておこうと思う。

友人が言うとおり、武蔵野《むさしの》の川といえばまっさきに浮《う》かぶのは多摩《たま》川だし、隅田《すみだ》川もわすれてはいけない。

ただ、武蔵野《むさしの》を流れる川はほかにもあるのだ。

このまえの章でふれた小金井《こがねい》のあの堤《つつみ》もその一つ。

あの流れは、東京近郊《きんこう》までくると千駄ヶ谷《せんだがや》や代々木、角筈《つのはず》の池など通り、新宿に入って四谷上水《よつやじょうすい》となる。

またそれとはべつに、井《い》の頭《かしら》や善福《ぜんぷく》池から流れ出て神田上水《かんだじょうすい》となる水流もある。他に目黒あたりを流れて品川の海に入る川や、渋谷《しぶや》を流れて金杉《かなすぎ》ぞいにいくもの、その他に名も知られていないせせらぎや小さな側溝《そっこう》まで含《ふく》めると、武蔵野《むさしの》にはほんとうにたくさんの小川が流れているのだ。

そんな川なんて、どこにでもありそうだと思うだろう。

でも、これらの川は、武蔵野《むさしの》の平地や丘《おか》を抜《ぬ》け、田畑を横切り、地下にもぐったり、林の中を見え隠《かく》れしたりしながら流れ、四季を通じておれたちにいろんなことを語りかけてくる。

おれは山の多い土地で育ったので、川というと大きな川で、しかも水が澄《す》んでいるのがふつうだと思っていた。だから武蔵野《むさしの》の小川を見たとき、多摩《たま》川をのぞいて、その濁《にご》り水がなんとなくいやだった。でも、なれてくると、この少し濁《にご》った流れこそがかえっていいのだなと思えてきた。

今から四、五年前の夏の夜、あの手紙の友人と一緒《いっしょ》に散歩したことを思い出す。

夜の八時ごろ、神田上水《かんだじょうすい》の上流のほうの橋を通りかかった。

月が明るく、風も涼《すず》しくて、野原も林もまるで白い薄衣《うすぎぬ》に包まれたみたいで、何とも素晴《すば》らしい夜だった。

橋の上には村人が四、五人集まって、欄干《らんかん》にもたれながら、何かを話したり、笑ったり、歌ったりしていた。

その中に一人のじいさんがいて、若者《わかもの》たちの話や歌に口をはさんで、まぜっかえしていた。その光景を月がおぼろに包み込《こ》んで、まるで田園詩の一節を絵画に閉《と》じ込《こ》めたようだったのだ。

おれたちも橋にもたれかかり、その絵の世界にしばらくとけこんでみた。

ゆるやかに流れる川には小さな月が映《うつ》り、羽虫が水面をたたくたびに、小さくゆれるのだった。

流れの先は林の中に隠《かく》れ、林の梢《こずえ》のすきまから差し込《こ》む月の光が薄暗《うすぐら》い水面をきらきらはじいていた。

大根の季節にこのあたりを散歩すると、こういう小川のほとりで、農夫が大根についた土を洗《あら》っているのをよく目にする。

九

道玄坂《どうげんざか》や白金《しろがね》だけでなく、甲州《こうしゅう》街道や青梅《おうめ》街道、中原《なかはら》街道、世田谷《せたがや》街道などの少し市街地からはずれたところに林や田んぼがあるだろう。

そんな人の暮《く》らしと自然がまざりあうような町はずれに、おれは詩情《しじょう》をかきたてられる。

それはいったいどうしてかわかるだろうか？

たぶんそういう場所にこそ、この世の中というか人間が暮《く》らす社会の縮図《しゅくず》みたいなものを感じるからかもしれない。

そこにはささやかだけど哀愁《あいしゅう》が漂《ただよ》う物語や、思わず笑ってしまうような話がいくつも隠《かく》れているのだ。

ほら、ごらん。そこに片目《かため》の犬がうずくまっているだろう？

この犬の名前を知っている人たちが住んでいるところ。そのあたりまでが、ひとつの小さな世界だ。

ほら、ごらん。むこうに小さな料理屋があるだろう。

あの障子《しょうじ》には、泣いているのか笑っているのかわからないが、なにやら叫《さ》けぶ女の影法師《かげぼうし》が映《うつ》っている。

夕暮《ゆうぐ》れになると、煙《けむり》の匂《にお》いか土の匂《にお》いかわからない香りが漂《ただよ》ってくる。

その中を大八車《だいはちぐるま》が二台、三台と通り過《す》ぎ、その行き交う車輪の音がやかましく聞こえてくる。

ほら、ごらん。鍛冶屋《かじや》の前に馬が二頭つながれていて、男たちが何かを話し合っている。

その店先では、夕闇《ゆうやみ》の中、真っ赤に熱せられた蹄《ひづめ》が鉄の台に置かれ、槌《つち》を打ちつけるたびに火花があたりに飛んでいく。ふいに何がおかしいのか話していた男たちがどっと笑いだした。

やがて月が家々の屋根の上にのぼり、夜がふけていく。

子どもが迷子《まいご》になったのか、ランプをもった村人たちが十数人、市場のまわりを走り回りながら名を呼《よ》んでいる。

このあたりには日が暮《く》れるとすぐに寝《ね》てしまう家があるかと思うと、夜中の二時ごろまで障子《しょうじ》に灯が映《うつ》っている家もある。

床屋《とこや》の裏《うら》には百姓《ひゃくしょう》の家があって、牛のうなる声が夜通し、通りのほうまで聞こえている。

酒屋の隣《となり》には納豆《なっとう》売りのじいさんが住んでいて、朝が白みはじめると、家を出て、「なーと、納豆《なっとう》、納豆《なっとう》」としわがれ声で呼《よ》びながら、町のほうへ出かけていく。

夏の短い夜が明けるころには、はやくも街道を荷車がごろごろと音を立てて通りはじめる。

それが九時、十時になるとこんどはセミが鳴きはじめ、あたりがだんだん暑くなってくる。

やがて馬や荷車のせいで砂《すな》ぼこりが舞《ま》い、ハエが家から家、馬から馬へと飛び交いだす。

それでもここはさほど田舎《いなか》というわけでもない。

昼の十二時を知らせる午砲《ごほう》のどんが、かすかに聞こえて、むこうの都の空のかなたで汽笛が鳴った。

初《はつ》恋《こい》

ぼくが十四歳《さい》のときだった。

仮《かり》に、ぼくの村に大沢《おおさわ》先生という老人が住んでいたとしよう。まあ、実際《じっさい》の話、ほんとうにそういう人がいたんだけど、めんどくさいから一応《いちおう》、仮《かり》ということにしておくんだよ。

この老人は頑固《がんこ》もので有名でね。なにかと屁理屈《へりくつ》をこねて、人をやりこめようとする。だから、すごく立派《りっぱ》な漢学者だったのにきらわれて、村の人たちときたらだれもかかわろうとしなかったんだ。

先生が家から出るのが見えたら、みんなすぐにどこかに隠《かく》れてしまい、そのお通りをじっとやりすごしていたぐらいでね。でも、先生ときたらそんな村の人たちの態度《たいど》に気を悪くするどころか、かえって調子に乗って、いばりくさって村中を歩き回っていたんだな。

ところで先生の家って、じつはぼくの家からほんの三百メートルほどはなれた山のふもとにあった。

お屋敷《やしき》というわけじゃなくて、四部屋しかないこぢんまりとした家だったのだけれど、なかなか落ち着いたいい感じの建物だった。

それに庭には樹木《じゅもく》も多く、草花もちゃんと手入れされていて、風流という言葉がぴったりだったんだな。

その家に、老先生は、四十歳《さい》ぐらいの下働きの男と、十二歳《さい》の孫娘《まごむすめ》と、たった三人きりで、陰気《いんき》臭《くさ》く、ひっそりと暮《く》らしていたんだ。

まあ、ぼくの目にはそう見えただけで、さびしかったかどうかわかんなかったけど。

そんなある日のこと。ぼくがひとりでぶらぶら近所を散歩していると、この老先生のお宅《たく》の真上の丘《おか》に出てしまった。

するとそこに、先生が松の切り株《かぶ》に腰《こし》をおろしてなにやら本を読んでいたんだ。

そのそばにあの孫娘《まごむすめ》もいて、遠い海のほうを眺《なが》めているみたいだった。

孫娘《まごむすめ》は、ぼくに気がついて、ふりむくとにっこり笑いかけてくれた。でも、先生は、ぼくのほうにふきげんそうな顔を浮《う》かべ、持っていた本をふところに入れてしまった。

そのころのぼくはけっこう生意気で、大沢《おおさわ》先生がいばっているのがなんとなしにムカついていた。

それでいい機会だから、よし、ちょっとこの頑固《がんこ》じいさんをへこましてやろうかと、

「先生、今、お読みになっていたのは何の本でしょうか」

とからんでみたんだ。

じつは本の表紙をちらっとみて「孟子《もうし》」だってわかってたんだけどね。

というのも先生の孟子嫌《もうしぎら》いは有名だったんだ。

漢学といえば、「論語《ろんご》」「大学」「中庸《ちゅうよう》」「孟子《もうし》」の四書《ししょ》を主にいうのは知っているよね。それなのにこの老先生は前から、その中の「孟子《もうし》」をいつもなにかと批判《ひはん》していたんだ。

「孟子《もうし》」だけは、わが家に絶対《ぜったい》に入れないなんて言っているぐらいだった。

はあ？　なんで、そこまでと思うだろ、ふつう。それでチャンスと思ってつっこんだわけ。

すると先生ときたら、表情《ひょうじょう》ひとつ変えずに、

「なんでもいいだろう、おまえ、そんなこときいてどうする」

と低い声でこたえた。

それでぼくは内心、にやっとしながらかさねて言った。

「ぼくは孟子《もうし》が好きだから教えていただきたかったんです」

すると先生は、真顔のまままきき返してきた。

「ふーん、おまえは孟子《もうし》が好きか」

「はい、とっても好きです」

「だれにならったんだね、というかだれが、おまえに孟子《もうし》を教えたのかね」

「父が教えてくれました」

「そうか、おまえは、ばかな親をもったな」

「え？」

ぼくは、これにはさすがにむっとなった。

「どうしてそんなことを言うんです。だいいち失礼じゃないですか、ひとの親をばかよばわりなんて」

すると大沢《おおさわ》先生は、目を怒《いか》らせてどなりつけてきたんだ。

「だまれ！　生意気言うな」

そのとき黙《だま》ってそばで見ていた孫娘《まごむすめ》が、

「おじいさま、帰りましょう。ね、お家に帰りましょう」

と、先生の着物の袖《そで》をやさしくひくのだった。

それでも、ぼくのほうも腹立《はらだ》ちがおさまらなくて、

「ひどい、ほんとうにひどい！」

と叫《さけ》ぶと、先生はばっと懐《ふところ》から本をひっぱりだした。

すると、先生はページをひろげて、ぼくの目の前に突《つ》き出した。

「ほら、ここを読め」

そこに書いてあったのはあの有名な一説だ。

「君、臣を視《み》ること犬馬《けんば》のごとくんば、
すなわち臣の君を見ること国人《こくじん》のごとし」
（主君が家臣を犬や馬のようにあつかうなら、
家臣のほうもいつしか主君を一般《いっぱん》の人と同じとみて敬《うやま》わなくなるものだ）

ぼくはちゃんと勉強して知っていたので、すらすら読んでみせた。

「これがなんだっていうんです？」

「おまえは日本人か？」

「はっ？　日本人でなきゃ、なんだっていうんです？」

「ただのやばん人だ。孟子《もうし》の言葉がおかしいと思わんとはな。おまえが日本人だというなら、この言葉はどう思う」

それから先生は、孔子《こうし》の言葉を口にした。

「君、君たらずといえども
臣もって臣たらざるべからず」
（主君にたとえ徳がなく主君らしくなかったとしても、
家臣は臣下として忠節《ちゅうせつ》をつくすべきである）

「さらに孔子《こうし》はこうも言う」

「君、臣を使うに礼をもってし、
臣、君につかうるに忠《ちゅう》をもってす」
（主君は家臣にも礼節をもって接《せっ》するべきだし、
家臣も主君にはただ忠実《ちゅうじつ》な心をもって接《せっ》することが大事である）

「これこそが日本という国のあるべき姿《すがた》だと思わんか。孟子《もうし》と孔子《こうし》の言葉の違《ちが》いをちゃんと比《くら》べてみろ、おまえはそれでも孟子《もうし》が好きというのか？」

先生にたたみこまれて、ぼくは返事にこまってしまったんだが、それでもなんとかしどろもどろになりながらも聞き返した。

「それなら先生は、どうして孟子《もうし》を読むんですか？」

すると先生は、あっと言って黙《だま》ってしまった。

まぐれで先生の痛《いた》いところをついたらしい。それで、ぼくは、もうちょっとつっこんでみた。

「つまり孟子《もうし》の言うこともみな悪いというのではないのでしょう？　たぶん読んでためになることも沢山《たくさん》あるのではないですか？　ぼくはそういうためになるところだけが好きなんです。先生だって同じことじゃないですか？」

すると孫娘《まごむすめ》が、先生の腕《うで》をひっぱって、

「おじいさま、ねえ家に帰りましょう」

と、またうながした。

先生はうーとうめいて、立ち上がりながらぼくをにらみつけた。

「おまえな、そんな生意気なこと言うんじゃない。孟子《もうし》のためになるところとそうじゃないところが、子どもにかんたんにわかってたまるか？　まあ、今夜、うちにおいで、いろいろ話して聞かしてやるから」

先生はそう言うと、孫娘《まごむすめ》に手を引かれて家のほうへおりていってしまった。

はたして、ぼくは先生を言いまかしたんだろうか？　それとも、ぼくが言いまかされたのか？

なんだかよくわからなくなって、そのまま家に戻《もど》って父さんに先生とのやりとりを話してみた。

それでどうなったかというと、めちゃくちゃ怒《おこ》られた。

父さんは言うんだ。

「そもそも目上の人にそんな失礼な態度《たいど》をとるなんて、ともかくぜったいにおまえが悪い」

父さんはともかくおわびにいけとせっつくので、仕方なくぼくはその晩《ばん》、大沢《おおさわ》先生の家をたずねたんだ。

それでどうなったと思う？

ほんと、なんのこともなかった。拍子抜《ひょうしぬ》けさ。

先生は、ぼくがあやまろうとするのも、まあいい、まあいいと気にもとめず、親切にあれこれ話をしてくれたんだ。

ただ、それがけっこう面白くて、きゅうにぼくは先生のことが好きになってしまったんだな。

なんていうか、まあ、自分のおじいさんみたいな感じもしたんだ。

それからというもの、ぼくは毎日、この老先生の家におじゃまするようになった。学校から帰ると、かばんをほうりなげるようにして、すぐさま先生の家へ走っていく。

すると先生も、孫娘《まごむすめ》もいつも機嫌《きげん》よく出迎《でむか》えてくれて、居心地《いごこち》もすごくよかった。先生の家って、外から想像《そうぞう》していたのと大違《おおちが》いでさ、陰気《いんき》どころかその真逆《まぎゃく》で、めちゃくちゃ明るかったんだ。

下働きの太助おじさんは、なにかと冗談《じょうだん》を言ってはぼくを笑わせてくれるし、孫《まご》娘《むすめ》は愛子というんだけど、小学校にも行っていないせいか、すれたところがぜんぜんなくて、奥《おく》ゆかしいけど、人なつっこい可愛《かわい》い子でね。

先生は、この愛子の前ではいつもでれでれしていて、ほんと人の良いおじいちゃんにすぎなかった。

だから一ヶ月もしないうちに、ぼくの中では、すっかり老先生への反感みたいなものが消えうせていたんだな。

それからというもの、丘《おか》の上の松の根にすわって先生が本を読むそばで、ぼくと愛子はふたり仲良く岩にこしかけて、夕焼けを見送ったものなのさ。それも何度も何度もね。

じつを言うと、これがぼくの初恋《はつこい》で、そして最後の恋《こい》だったんだ。

ぼくの苗字《みょうじ》が大沢《おおさわ》に変わったのも、これでわかったかな。

非《ひ》凡《ぼん》なる凡《ぼん》人《じん》

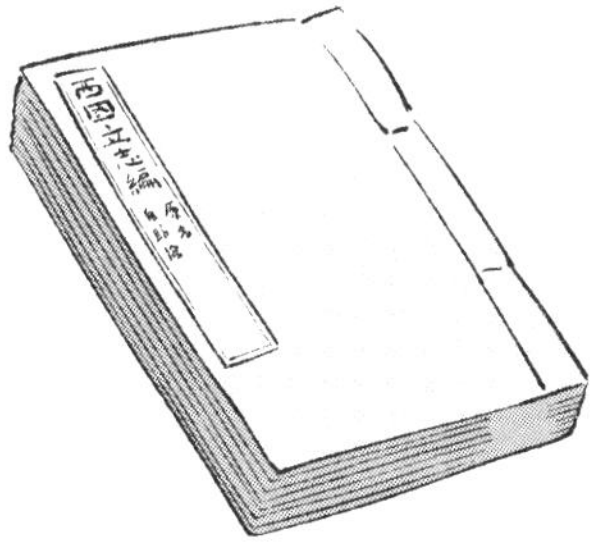

上

五、六人の若者《わかもの》たちが集まって、それぞれお互《たが》いに自分の友人のことを噂《うわさ》しあったことがあった。そのとき、中のひとりがこんな話をしてくれたのだ――。

ぼくの幼《おさな》なじみに桂正作《かつらしょうさく》という男がいる。

今年二十四歳《さい》で、今は横浜《よこはま》のある電気会社に勤《つと》め、電気技師《ぎし》として働いているのだけど、この男ほどふつうと違《ちが》うやつはいないだろうよ。

非凡人《ひぼんじん》ではない。けれども凡人《ぼんじん》でもない。偏屈《へんくつ》でもなく、奇人《きじん》でもない。言ってみれば「非凡《ひぼん》なる凡人《ぼんじん》」というのが、いちばんあっている気がする。

この桂《かつら》くんって、知れば知るほど感心させられる。

といっても豊臣秀吉《とよとみひでよし》とか、ナポレオンみたいなのとは違《ちが》う。ああいう偉人《いじん》・天才は千年に一人、百年に一人、出るか出ないかだよね？　でも桂正作《かつらしょうさく》くんみたいな男って、たぶんこの世の中にどこにでもいそうだし、いないとまずい。まあ桂《かつら》くんみたいな人が一人増《ふ》えれば、それだけ社会が幸せになるだろう。ぼくが桂《かつら》くんに感心するのは、そういうところだ。だから、ぼくは彼《かれ》のことを「特別な普通《ふつう》の人」という意味で、「非凡《ひぼん》なる凡人《ぼんじん》」と呼《よ》ぶんだよ。


あれは、ぼくたちがまだ中学に通っているころだった。

ある日曜のこと、ぼくは学校の仲間と小松山へ出かけ、戦争ごっこをして遊んでいたんだな。十三、四歳《さい》にもなって、野山を走りまわってあばれたものだから、もう喉《のど》がすっからかんでさ。山のすぐふもとにある桂《かつら》くんの家の庭へ、みんなでどやどやとかけこんでいって、勝手に井戸をかりて水を飲んでいた。

すると二階の窓《まど》から桂《かつら》くんが顔を出してこっちを見ているじゃないか。

気がついて、ぼくは「出てこないか」と呼《よ》んだ。

けれども桂《かつら》くんは、いつにないまじめくさった顔つきをして頭を横に振《ふ》った。

いつもならこういう遊びにはよろこんでつきあうのだが、この日はなぜか出てこない。でも、それならそれでと、しいて誘《さそ》いもせず、ぼくたちはそのまま山にまたかけのぼっていった。

さんざん遊んでくたびれてその場で解散《かいさん》となったあと、ぼくはひとりで桂《かつら》くんの家にいき、いつものように勝手にやつの部屋に上がってみた。すると桂《かつら》くんは、「イス」にすわって、「テーブル」に向き合い、熱心になにか読んでいたんだ。

この桂《かつら》くんの「イス」と「テーブル」についてちょっと説明しておく。

ここで言う「テーブル」というのは、そまつな座《すわ》り机《づくえ》の下に台をおいて脚《あし》をつけたもの。「イス」もただの木箱だ。学校の先生がまえに、日本式の座《すわ》り机《づくえ》は健康によくないと言っていたのを、桂《かつら》くんはなるほどと感心してさっそく取り入れ、自分でこしらえたというわけだ。

その上に、教科書や他の本などをきちんと重ね、筆や墨《すみ》もちゃんと並《なら》べてあった。

それでも、こんな天気の良い日曜日に、部屋にこもっていったいなにを熱心に読んでいたのかきいてみると、

「西国立志編《さいごくりっしへん》だ」

と言う。

ぼくを見上げるそのまなざしは、なにやらまだ夢《ゆめ》を見ているようだった。心はたぶんその分厚《ぶあつ》い洋綴《ようと》じの本にあるらしい。

「それ、おもしろいの？」

「うん。おもしろい」

「日本外史《がいし》とどっちがおもしろい？」

ときくと、桂《かつら》くんはにっと笑い、いつもの元気のよい声でこたえた。

「それは、こっちだよ。日本外史《がいし》とは内容《ないよう》が違《ちが》う。昨日の晩《ばん》に、梅田先生のところにいって借りてきてから読みはじめたんだけれど、もうおもしろくてやめられない。自分でも持っていたいから、あらためて買うつもりなんだ」

そう言いながら、うれしくてたまらないという感じだった。

それから、桂《かつら》くんは『西国立志編《さいごくりっしへん》』を手に入れたんだけど、それがもうぼろぼろの本で、読みおわらないうちに閉《と》じ糸が切れてばらばらになりそうだったから、自分でじょうぶな麻糸《あさいと》で綴《と》じなおしたんだよ。

このときが、ぼくたちは十四歳《さい》だった。

桂《かつら》くんは、この『西国立志編《さいごくりっしへん》』にはまって、何度も読み返し、しまいにはほとんど暗誦《あんしょう》できるようになったらしい。そして今でも、この本はそばにおいてあるはずだよ。

だから桂正作《かつらしょうさく》くんは、いわば活きた西国立志編《さいごくりっしへん》と言っていいかもね。それは桂《かつら》くん自身もそう言っているんだ。

「もし、ぼくが『西国立志編《さいごくりっしへん》』を読まなかったらどうだったろう。ぼくが今日あるのも、まさにこの本のおかげだからさ」と。

とはいうものの、『西国立志編《さいごくりっしへん》』(サミュエル・スマイルズの『自助論《ろん》』)を読んだものは世界中で何百万人あるかしれない。

なにしろこの本は、「天は自ら助ける者を助ける」という「自分の力だけで、自分を信じ、他人に頼《たよ》らずに活動しなさい」という精神《せいしん》をもとに、三百人以上の欧米《おうべい》史上《しじょう》有名な人たちの成功した話をまとめたものだ。愛読者は無数にいるだろう。でも、桂《かつら》くんのように、「ぼくがあるのはこの本のおかげ」と言い切れる人ははたして何人いるだろう。

こう言ってはなんだけれど、天が与《あた》えた才能《さいのう》という点からいうと、桂《かつら》くんはいたって普通《ふつう》だろう。学校の成績《せいせき》もまんなかぐらい。同級生で、彼《かれ》よりも優《すぐ》れた子はいくらもいた。また彼《かれ》はかなり活発ないたずらっ子で、ぼくともいっしょにずいぶんあばれまわったぐらいだ。ただ、学校でも、地元でも、とくに注目を集める子ではなかったのは確《たし》かだよ。

けれども天の与《あた》えた性格《せいかく》っていうことだと、彼《かれ》は素直《すなお》で、単純《たんじゅん》で、そしてどこかにやってやるぞみたいな勇猛《ゆうもう》さを持っていた。ああ、でも勇猛《ゆうもう》さというより、どんなに困難《こんなん》なことがあってもあきらめない不屈《ふくつ》さみたいなものがあったかもしれない。

こういう性格《せいかく》って、ちょっとずれると冒険心《ぼうけんしん》だし、さらにずれると山っ気《け》、つまり一発ねらい屋になる。実際《じっさい》、桂《かつら》くんの父さんは山っ気《け》のために失敗し、兄さんは冒険《ぼうけん》のために行方《ゆくえ》知らず。けれども桂《かつら》くんは『西国立志編《さいごくりっしへん》』のおかげで、この性格《せいかく》を鍛錬《たんれん》して、目的にむかって頑張《がんば》るタイプに変えたのだ。

ともかく、桂《かつら》くんの父さんは、普通《ふつう》じゃなかった。もともと明治になるまでは武《ぶ》士《し》で、維新《いしん》の戦争にも出て、すぐれた働きもした。体格《たいかく》だって骨太《ほねぶと》で筋骨隆々《きんこつりゅうりゅう》、顔立ちも、目は切れ長で鼻もたかく、堂々《どうどう》としている。性格《せいかく》も武人気質《ぶじんかたぎ》というのか男らしい男で、ものごとにもへこたれない。

だから、もしそのまま武士《ぶし》でいたら、少なくとも人に知られた将軍《しょうぐん》になっていてもおかしくない。でも、桂《かつら》くんの父さんは、維新《いしん》の戦争から帰るとすぐ農業に従事《じゅうじ》しはじめたのだ。野に隠《かく》れたというより、たぶん出なおしたのだろう。そして明治政府《せいふ》が奨励《しょうれい》した「殖産《しょくさん》」という流行語にかぶれてついに破産《はさん》してしまった。

この「殖産《しょくさん》」は、富国強兵と並《なら》んで、新しい明治政府《せいふ》が唱えた近代化のためのスローガンで、産業を育成して経済力《けいざいりょく》を高めようとしたのだ。でも、これで事業に不《ふ》慣《な》れな武士《ぶし》の多くは失敗し破産《はさん》した。

桂《かつら》くんの父さんもまさにこれで、屋敷《やしき》はもともと町にあったのを、家運が傾《かたむ》くと小松山の下に運んでその材料で建てなおしたそうだ。

元の屋敷《やしき》はすごく立派《りっぱ》なもので壊《こわ》したりせず、そのまま売って、その金でべつに建てたらいいのにと助言する人もいたらしいけど、先祖代々《せんぞだいだい》の古材を大事にしたいというところは、桂《かつら》くんの父さんの性格《せいかく》によるのだろう。

そして小松山の麓《ふもと》に移《うつ》ってからは、完全な農家になって、太陽の下で泥《どろ》にまみれて働いているのを、ぼくは何度も見たことがある。

だから、桂《かつら》くんが『西国立志編《さいごくりっしへん》』を読みはじめたころは、家の経済状態《けいざいじょうたい》はかなり悪かったはず。

けれどもその家のなかでは、どこかにいつか一発当てて昔のような栄華《えいが》を取り戻《もど》してやろうという気分が漂《ただよ》っていたようにも思う。

というのも、桂《かつら》くんがあるとき、ぼくに「家には、あの田中鶴吉《つるきち》の手紙があるんだぜ」と得意《とくい》げに話してくれたことがあったからだ。

田中鶴吉《つるきち》といえば、「東洋の小ロビンソン・クルーソー」と呼《よ》ばれた有名人だ。江戸《えど》時代の終わりに横浜《よこはま》で働いていたときにアメリカ人の商船の船長誘《さそ》われ、渡《と》米《べい》し、サンフランシスコで製塩《せいえん》法を学んで帰国。その後、小笠原《おがさわら》島で、ひとりで開《かい》拓《たく》事業を起こして日本中で大評判《ひょうばん》となった。その後、何人かの信奉者《しんぽうしゃ》をひきいてアメリカに移住《いじゅう》し、アメリカでの最初の日本人移民《いみん》と言われる人だ。もっともアメリカでの事業には失敗したとも聞いている。

その田中鶴吉《つるきち》の手紙が、当時、桂《かつら》くんの家にあったのは、田中が小笠原《おがさわら》で始めた開拓《かいたく》事業にひどく感動した桂《かつら》くんの父さんが手紙を送ったところ、その返事をもらったというわけだ。

この山っ気《け》は、桂《かつら》くんの家に長く漂《ただよ》っていた。

あるとき、桂《かつら》くんがそのうちはまぐりをごちそうするからと言いだした。なんでも、父さんがはまぐりの繁殖《はんしょく》事業を始め、稚貝《ちがい》を取《と》り寄《よ》せて浜《はま》にまいたから、遠からず、このあたりで、はまぐりがたくさんとれるようになるはずと言う。

この父さんの山っ気《け》病を露骨《ろこつ》に受けついだのは、桂《かつら》くんの兄さんのほうだ。兄さんは十六歳《さい》のときに、家を飛び出し音信不通、行方《ゆくえ》不明となった。ハワイに行ったともいい、南米に行ったとも噂《うわさ》になったが、実際《じっさい》のことはだれも知らなかった。

やがてぼくは進学とともに学校の寄宿舎《きしゅくしゃ》に入り、地元をはなれることになったけれど、桂《かつら》くんのほうは家庭の事情《じじょう》で学費《がくひ》が払《はら》えず就職《しゅうしょく》することになった。

世話をする人がいて、町の銀行に勤《つと》めたが、実家から町までの8キロの道を毎朝、毎夕に歩いて通わないといけなかった。

学校が冬休みになって、ひさしぶりに帰郷《ききょう》したぼくは、手荷物を車夫に運ばせながら、ステッキ一本で、家の近所の坂を登っていくと、少し先を古ぼけたコートをはおった少年がのろのろと登っていく。それがどうも桂《かつら》くんに似《に》ている気がして、声をかけたらまさにご本人だった。

桂《かつら》くんはぼくに気づくと、ぱっと笑顔になって、

「おー、冬休みか」

と、声をかけてきた。

「そうだよ。きみは銀行に?」

「うん、でもぜんぜんおもしろくない」

「どうして?」

と、びっくりしてきくと、

「まあ、きみなら三日としんぼうができないだろうね。そもそも、ぼくは銀行業なんて志望《しぼう》してないから」

ぼくは、手荷物を運んでくれる車夫を先に家にむかわせて、桂《かつら》くんと並《なら》んで歩いた。

「きみはなにをしたいの?」

「工業をやりたい」

桂《かつら》くんはそう言いながら、ちょっと微笑《ほほえ》んだ。

「ぼくは毎日てくてくこの道を歩きながら、いろいろ考えたんだけど、やっぱり発明ほどすごいものはないと思うんだ」

ジェームス・ワットや、ジョージ・スチーブンソン、トーマス・エジソンのような発明家が桂《かつら》くんの理想の英雄《えいゆう》である。そしてそれらの発明家のことを紹介《しょうかい》した『西国立志編《さいごくりっしへん》』こそが聖書《バイブル》なのだ。

「だから、来年の春には東京へ出ようかと思っている」

桂《かつら》くんの思いがけない言葉にぼくは聞き返した。

「東京へ？」

「そうだよ。旅費《りょひ》はもうできたけど、むこうへついたら、とりあえず三ヶ月ぐらいは食えるだけの金を持っていなければ困《こま》るだろう？　それで父に頼《たの》んで、来年の三月までの給料は全部、そのままぼくがもらうことにした。だから四月のはじめには出かけられるはず」

いかにも桂《かつら》くんらしい計画性《せい》だ。

彼《かれ》は、子どもじみた空想をしがちだけど、それをやるためにはちゃんと計画を立てるのである。それは小さな子どものときから変わらない。

順序《じゅんじょ》を立てて一歩一歩と着実に準備《じゅんび》していき、ついに目的どおりに始めるのだ。もちろん、これには『西国立志編《さいごくりっしへん》』の影響《えいきょう》もあるのだろう。

けれども一つには、遺伝《いでん》かもしれない。

桂《かつら》くんは祖父《そふ》に似《に》ているとも言われていた。その祖父《そふ》も、非凡《ひぼん》な人であったらしい。詳《くわ》しいことは言えないが、豊臣秀吉《とよとみひでよし》のことを書いた『真書太閤記《たいこうき》』があるだろう。あの三百巻《かん》もある書物を、自分で書き写そうと十年計画を立てて、ついにやりとげたのだ。

桂《かつら》くんの家で実物をぼくも見させてもらったが、あれにはほんとうにおどろいた。桂《かつら》くんはたしかにこの祖父《そふ》の血を受けたに違《ちが》いない。もしくはこの祖父《そふ》の影響《えいきょう》を強く受けたのだろう。

ぼくと桂《かつら》くんは歩きながらあれこれ話して盛《も》り上がり、その後、ぼくは毎日のように桂《かつら》くんと会ってお互《たが》いに将来《しょうらい》の夢《ゆめ》というか大望を語り合った。

そして冬休みが終わり、ぼくが学校の寄宿舎《きしゅくしゃ》に戻《もど》る前の晩《ばん》のことだ。

桂《かつら》くんが家にやってきて「今度会うのは東京だな、三、四年はこっちに帰るつもりはないから」と言う。

それで、ぼくたちは別れたのだ。

明治二十七年の春、桂《かつら》くんはその計画どおりに東京に出た。

それから二、三度、手紙を寄《よ》こしたけれど、無事を知らせるばかりで、どんなことをしているのかなど具体的な様子は書いてよこさなかった。

地元のやつらも、桂《かつら》くんのご両親も、彼《かれ》がどんな暮《く》らしをしているのかは知らないようだった。ただ、だれも疑《うたが》ってなかったことが一つあった。それは、桂《かつら》くんが、何かの計画を立てて、その目的にむかって着々と行動しているだろうとのこと。

ぼくが進学して東京に出たのはその三年後のことだ。泊《と》まるところがきまると、さっそく築地《つきじ》のなんとか方《かた》という桂《かつら》くんの住所をたずねた。

このとき、ぼくたちは二人ともすでに十九歳《さい》になっていた。

下

午後三時ごろ。ぼくは築地《つきじ》の町を隅《すみ》から隅《すみ》まで歩いて、ようやく桂《かつら》くんの住む家を探《さが》しあてた。

なかなか見つからないのも当然で、教えてもらった家っていうのが表通りではなく脇道《わきみち》にあったからだ。それも貧《まず》しげな家ばかり並《なら》んでいる、間口が九尺《しゃく》（2・8メートル）しかない狭《せま》い二階建てだった。

車夫をしているという男の家で、おかみさんに、

「ここに桂正作《かつらしょうさく》くんが住んでますか？」

ときくと、

「はい、いますよ。あの書生さんでしょう」

するとぼくの声を聞きつけて、はしごをミシミシ鳴らしながら降《お》りてきて、

「やあ」

と、現《あらわ》れたのが、三年ぶりに会う桂《かつら》くんご本人だった。

踏《ふ》んだら足の裏《うら》が汚《よご》れそうな汚《きたな》い畳《たたみ》を通って、幅《はば》の狭《せま》い急なはしごをのぼり、通されたのは六畳《じょう》一つきりの部屋。低い天井はすすけ、壁《かべ》も、畳《たたみ》も真っ黒すけ。

けれども黒くないものもある。それは書籍《しょせき》だった。

桂《かつら》くんほど、書籍《しょせき》を大切にするやつはすくない。

どんな本でも、机《つくえ》の上にひろげっぱなしにしたり、部屋に放っておくなんしことは絶対《ぜったい》にしない。こう言うと、桂《かつら》くんが大切にするのは書籍《しょせき》だけと思われてしまいがちだが、決してそうではない。自分のものはどれも大事にするのだ。

この部屋の机《つくえ》もけっこう良いものだし、本棚《ほんだな》にしてもちゃんと磨《みが》いてある。なんでも乱暴《らんぼう》に扱《あつか》うのが、豪傑《ごうけつ》だと勘違《かんちが》いしているやつがたまにいるが、桂《かつら》くんはその手の人間とは違《ちが》うのである。

西洋の名著《めいちょ》『西国立志編《さいごくりっしへん》』の影響《えいきょう》を強く受けただけに、今風に言うとすごく「ハイカラ」なのだ。ハイカラは、まあ、おしゃれとか洗練《せんれん》されているという意味でつかう流行語だが、『西国立志編《さいごくりっしへん》』もその一つだろう。桂《かつら》くんはその点でもまさにハイカラ精神《せいしん》の申し子だった。

机《つくえ》の書籍《しょせき》や筆記具も、そのへんの小物の類も、あるべきところにちゃんと置かれていた。部屋そのものはひどいありさまだったけれど、その中で、桂《かつら》くんは桂《かつら》くんらしく凛《りん》として清潔《せいけつ》に暮《く》らしていたのだ。

ぼくが東京での暮《く》らしぶりをたずねると、桂《かつら》くんは生活のことをなんでも話してくれた。とくに恥《は》ずかしがらず、誇張《こちょう》したりもせず、素直《すなお》にありのままを。

桂《かつら》くんほど虚栄心《きょえいしん》のすくない人物はめずらしいだろう。

自分の境遇《きょうぐう》を受け入れて、自分が信じる道を歩き、それで満足し安心して、その先のために勉強に励《はげ》む。

桂《かつら》くんは、けっして自分と他人とを比《くら》べない。自分は自分だとわりきり、運命を受け入れ、前向きにとらえて進んでゆくのだ。

しばらく会っていない間にどんなことがあったのかきくと、まさにその桂《かつら》くんの生き方そのままの日々だったようだ。

そんな彼《かれ》のことを、ぼくはますます尊敬《そんけい》してしまうのである。


桂《かつら》くんは、以前、ぼくに話していたとおり、三ヶ月の生活費《ひ》をためてから東京に出てきたけれど、それをそのまま浪費《ろうひ》するようなやつではなかった。

興味《きょうみ》深い仕事をしたいと、東京に出てくるとすぐに足にまかせてあっちこっち歩きまわり、見つけたのが新聞売りと砂書《すなが》きアート。

九段《くだん》公園で砂書《すなが》きアートのおやじを見つけ、桂《かつら》くんはすぐに弟子《でし》入りを頼《たの》み、二、三日、練習しただけで、大通りに座《すわ》りこんでさっそく商売を始めた。

一銭《せん》（約二五〇円ぐらい）、五厘《りん》、時には二銭《せん》を投げてもらって、地面にでたらめを書き、いくらかの収入《しゅうにゅう》を得《え》たらしい。

ある日、客がいなかったので、桂《かつら》くんは自分で好き勝手なことを書いては消し、ワット、スチーブンソンなどという名前を書いていると、八歳《さい》ぐらいの男の子とみなりのよい婦人《ふじん》が通りかかった。

男の子は、地面をのぞきこみ、「ワット」と読んで、「おかあさま、ワットとは何のこと？」ときいた。

そのとき桂《かつら》くんは顔をあげ、子どもにわかりやすいよう、この大発明家のことを教えて、

「坊《ぼう》やも大きくなったらこんなえらい人におなりなさいよ」

と言った。するとそのご婦人《ふじん》が、

「失礼ですけれど」

と言いながら、二十銭《せん》銀貨を手渡《てわた》して立ち去ったのだそうだ。

「ぼくはその銀貨をつかわないでまだ持っているんだ」

桂《かつら》くんはそう言うと無邪気《むじゃき》に微笑《ほほえ》んだ。

桂《かつら》くんはそうやって働きながら、安宿にとまり、夜は神田の夜学校に行って、もっぱら数学を学んでいたそうである。

そして日清戦争が始まると、すぐに新聞売りになり、戦火を伝える号外で予想外の金をもうけた。それを学費《がくひ》に、翌年《よくねん》明治二十八年の春に工業専門《せんもん》学校の夜間部に入学できたのだった。

そんなことを話しているうちに、夕方になった。

「めしを食いに行こうぜ！」

桂《かつら》くんはきゅうに言いだして、机《つくえ》のひきだしから財布《さいふ》を取り出した。

「どこへ？」

と、きくと、

「飯屋だよ」

「めしなら、ぼくは自分の宿屋に戻《もど》って食べるから心配しないで」

「まあ、そんなこと言わないで一緒《いっしょ》に食《く》おう。それで今夜はここへ泊《と》まりなよ。まだぜんぜん話し足りないし」

ぼくも了解《りょうかい》して家を出ると、桂《かつら》くんは歩きながら、あれこれ楽しそうに話をつづけ、今年のうちにいちど故郷《こきょう》に戻《もど》りたいなどと言っていた。

でも、桂《かつら》くんの今の生活ぶりからして、故郷《こきょう》を往復《おうふく》するなんて、その旅費《りょひ》のことなど考えたらぜったい無理だろうと思い、まあ、帰れたらご両親によろしくなどと軽く流しただけだった。

「ここだ！」

桂《かつら》くんは近所の小汚《こぎたな》い飯屋の縄のれんをくぐった。

ぼくがびっくりしてちょっとためらっていると、桂《かつら》くんが店の中から、

「はやくおいでよ！」

と呼《よ》ぶ。仕方がないと入ると、桂《かつら》くんはもうてきとうな場所にすわって、こちらに笑いかけてきた。

まわりを見ると、ほかには四、五人の労働者がいて、長い食卓《しょくたく》について、めしを食べたり、酒をのんだりしている。ただ、思ったより騒《さわ》がしくない。

桂《かつら》くんとさしむかいで、ぼくがすわると、

「ぼくは朝、昼、晩《ばん》と三度三度ここでめしを食《く》っているんだよ。きみはなににする？」

「なんでもいいよ」

「そうか、じゃあ」

桂《かつら》くんは店の人にむかってなにやら注文したが、ぼくにはそれが暗号みたいでなんのことかさっぱりわからなかった。

ただ、しばらくして出てきたのを見れば、刺身《さしみ》に煮魚《にざかな》、野菜の煮《に》しめに味噌汁《みそしる》。さらにご飯と漬物《つけもの》だった。

桂《かつら》くんはさっそくうまそうに食《く》いはじめたが、ぼくはなかなかはしが出なかった。

なんとなく料理が汚《きたな》らしく思えたのだ。

それでもむりに口に運んでいるうちに、思わず涙《なみだ》が出てきた。

桂《かつら》くんはもとは武士《ぶし》の子である。それも、父さんが事業に失敗して貧困《ひんこん》の中にあるけれど、本当なら良家の子だ。それがこんな貧相《ひんそう》な一膳飯屋《いちぜんめしや》でうまそうに食《く》うのか、と思って泣けてきたのではない。

そうではなくて、目の前の桂《かつら》くんの好意にぼくは泣けたのだ。

彼《かれ》はぼくにご馳走《ちそう》してくれようとしている。それも親元をはなれて自立し、一生《いっしょう》懸命《けんめい》に働いて、学費《がくひ》までかせいで勉強している彼《かれ》が、心ばかりのごちそうをしてくれようとしている。それなのにいやいや食《く》おうとしている自分が情《なさ》けなかった。

それが幼《おさな》なじみのすることかと。そう思うときゅうにすがすがしい気持ちになって、ぼくは飯をほおばった。


その夜は、結局、ぼくは桂《かつら》くんとあの家で、二人でうすいふとんにくるまって、豆ランプの暗い光の下で夜更《よふ》けまで語り合った。他の友のことや、将来《しょうらい》のことなどを。

そのときのことはまだ目にやきついている。

それからも、ぼくと桂《かつら》くんはよく会っていたのだけど、学校が夏休みになると、ぼくの下宿までやってきて、こんなことを言う。

「故郷《こきょう》に一度帰ることにした。新学期の前には戻《もど》ってくるけど」

「でも、旅費《りょひ》はどうするの……」

ぼくが心配してきくと、桂《かつら》くんは大丈夫《だいじょうぶ》とうなずいた。

「じつは三十円（約七十五万円）ばかり貯蓄《ちょちく》してあるんだ。往復《おうふく》の旅費《りょひ》と土産物《みやげもの》で二十円あったら足りるだろう。三十円みんなつかってしまうとあとで困《こま》るからね」

それを聞いて、ぼくは今さらながらに桂《かつら》くんの計画性《せい》に感じ入ってしまった。

桂《かつら》くんが言うには、二年前からすでにその計画を立てて、貯金《ちょきん》してきたとのこと。


どうだ、諸君《しょくん》！

こういうのって簡単《かんたん》みたいに思えるけど、なかなかできないことだよ。

桂《かつら》くんはたしかに凡人《ぼんじん》さ。けれどもそのやることは非凡《ひぼん》だろう？


もちろん、ぼくは大よろこびで見送りをした。

桂《かつら》くんは二年間でためた貯金《ちょきん》の三分の二を平気でつかって、旅費《りょひ》のほかに、錦絵《にしきえ》を買い、反物を買い、母さんや弟たちや、ほかの親戚《しんせき》のひとや子どもたちを喜《よろこ》ばせようと手土産《てみやげ》をたくさん用意して、新橋を出発したんだ。

そして翌年《よくねん》の明治三十一年にはめでたく専門《せんもん》学校を卒業し、桂《かつら》くんは、電気会社の技術者《ぎじゅつしゃ》として横浜《よこはま》の会社に給料十二円で雇《やと》われた。

それから今日まで五年だよ。

この間に桂《かつら》くんがどうしたかって？

ちゃんと勤《つと》めただけかって？　そうじゃないよ！

じつはいろいろやっている。

桂《かつら》くんには、五郎《ごろう》と荒雄《あらお》という弟が二人いるのだ。二人とも、あの行方《ゆくえ》知れずの兄に似《に》て、異端児《いたんじ》というかなにしでかすかわからないところがあって、ちょっと困《こま》りものなのだよね。

五郎《ごろう》は、桂《かつら》くんが横浜《よこはま》で就職《しゅうしょく》したと聞いて、すぐに東京に出てきたそうだ。で、桂《かつら》くんは五郎《ごろう》のためにあれこれ世話をやき、商店で働かせようと頼《たの》み込《こ》んだり、学校に入れようとしたりしたけど、いたるところで失敗し、すぐに逃《に》げ出してしまう。それでとうとう桂《かつら》くんは五郎《ごろう》を自分のそばにおいて、あの『西国立志編《さいごくりっしへん》』を繰《く》り返し読ませ、技術専門学校《ぎじゅつせんもん》に入れてやった。

桂《かつら》くんだって勤《つと》め始めだから給料だってすくない。それでもそれで生活し、弟まで面倒《めんどう》をみてやった。五郎《ごろう》の卒業まで三年はかなりきつかったと思う。それでもその努力の結果はすぐに現《あらわ》れ、いま、五郎《ごろう》は技師《ぎし》となって東京のある会社でまじめに働いているんだよ。

もう一人の弟の荒雄《あらお》もまた郷里《きょうり》を飛び出してきた。こっちは今、桂《かつら》くんと五郎《ごろう》がこの弟のことはどうしようかと頭を痛《いた》めている。

そうそう今年の春だった。

夕方、ぼくは横浜《よこはま》の桂《かつら》の下宿を訪《たず》ねると、家のひとが「桂《かつら》さんなら、まだ会社ですよ」と言う。

じゃあせっかくだから、会社も見たくて訪《たず》ねてみると、桂《かつら》くんが今、出ている現《げん》場《ば》を教えてくれた。

それで行ってみると、一本の太い鉄柱のそばに数人の社員が立っていて、桂《かつら》くんひとりが熱心に作業をしているのだった。

日が暮《く》れてきて電灯がともり、昼のように明るく現場《げんば》を照らしていた。

どうやら機械が故障《こしょう》したので、桂《かつら》くんがその修理《しゅうり》をしているのだ。それを大勢《おおぜい》が、かたずをのんで見守っているのだった。

その桂《かつら》くんの顔つき、その動きのみごとさときたら！

彼《かれ》はわれをわすれて、全身全霊《ぜんしんぜんれい》で、自分の仕事に打ちこんでいるのだ。

ぼくはそんな桂《かつら》くんの真剣《しんけん》な顔を、こんな真剣《しんけん》な姿《すがた》をこれまで見たことがなかった。そして見ているうちに、一種の壮厳《そうごん》さに胸《むね》をうたれたんだ。

諸君《しょくん》！　どうかぼくの友のために、杯《さかずき》をあげてくれ。

彼《かれ》の未来を祝福して、乾杯《かんぱい》！

運命論者
うんめいろんじゃ

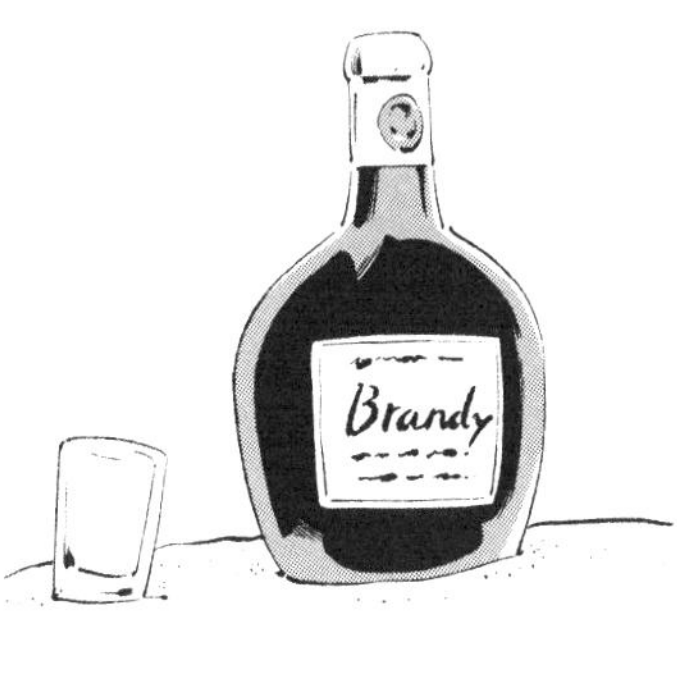

一

秋も深まって、冬が近づいてくると、海辺はどこも寂《さび》しくなってくるものだ。

この鎌倉《かまくら》もそれは同じで、おれのような住民はともかく、みかけるのは村の子どもたちや、地引網《じびきあみ》を手入れする漁師《りょうし》、あるいは行商人くらいになってしまう。観光客となるとめったに出会わなくなる。

そんなある日のこと、いつものように滑川《なめりがわ》のあたりまで散歩に出かけ、すわって休もうと砂浜《すなはま》の小山に登ってみると、思った以上に北風が冷たかった。

それでもっとほかに、日当たりの良い場所はないかと探《さが》してみたが、これがなかなかみつからない。

それでさんざんあたりを歩き回ってみたところ、ちょっと面白い場所をみつけたのだ。そこは砂山《すなやま》が急に崩《くず》れたかなにかして、ちょっとした窪地《くぼち》で、ありがたいことに少しばかり草も残っていた。

草の上にすわると、うしろの砂山《すなやま》にもたれかかることもできたし、うまいぐあいに右のひじのあたりも地面にのせることができて、なんだか自然のソファみたいな感じだったのだ。

おれはそこで持ってきた小説を取り出し、のんびりと読書を楽しんだ。

そこは風もなく、太陽は暖《あたた》かく、空は高く澄《す》み渡《わた》っていた。

ただ、海は見えなかった。もちろん人の声も聞こえない。ただ、遠く浜《はま》に寄《よ》せては引く波の音だけが聞こえていた。

それからどれくらい時間がたっただろう。

ふいに何かの気配を感じ、顔をあげると、四、五メートルほど離《はな》れた場所に人が立っているではないか。

それも、まるで地の底からわきでたみたいにとつぜん現《あらわ》れたのだ。

驚《おどろ》いて、もう一度よく見たところ、年のころは三十歳《さい》くらい、鼻すじのとおった整った顔だちの男だった。

背《せ》もすらりとしていて、服装《ふくそう》やその雰囲気《ふんいき》から、都会の人のようだ。近くの別荘《べっそう》に滞在《たいざい》しているのか、あるいは海辺の旅館に泊《と》まっているのかもしれない。

男はだまって、おれのほうを見つめてきた。

ただ、その目つきがなんとも不気味だったのだ。

思いがけず敵《てき》をみつけたといった憎《にく》しみと、どこかとまどっているような不安がまざりあっている、と言ってもいいだろうか、なんとも背筋《せすじ》をひやっとさせるような妙《みょう》な視線《しせん》だった。

「変な奴《やつ》だな」

と内心、そう思って見返していると、男はとつぜん、背《せ》を向けて、足もとに注意しながらゆっくりむこうに歩きだした。でも、そのままいってしまうわけではなくて、きゅうにこちらをふりむいて、またあの冷たい目でおれを見つめてくるのだ。

なんともいやな感じだったので、もう読書どころじゃなくなってしまい、おれは窪地《くぼち》をあとにした。

それでも、なんとなく男のことがどうにも気になって、草むらにしゃがんでむこうを伺《うかが》うと、なんと、あの男は、いつのまにかあの窪地《くぼち》にまいもどって、さっきまでおれがすわっていたと同じ、あの場所にすわりこんでいるではないか。

といっても男のほうはとくにおれを意識《いしき》しているようではなかった。

草の上に腰《こし》を下ろし、立てた膝《ひざ》の上に腕《うで》をのせて、そこに顔を突《つ》っ伏《ぷ》してそのままじっとしている。

おれはこの男のことが心から離《はな》れず、あらためて木陰《こかげ》をみつけて、読書をしながらときどき男のようすを見ることにした。

男はしばらくして力なく立ち上がると、すぐわきの斜面《しゃめん》の砂《すな》をけだるげにほりはじめた。

やがてほりだしたのは大きな洋酒の瓶《びん》だった。

男は持っていたハンカチでその瓶《びん》の土をていねいに払《はら》った。そこには小さなコップまで用意してあったらしく、瓶《びん》の栓《せん》を抜《ぬ》くと、一杯《ぱい》、二杯《はい》とつづけてあおるように飲んだ。

それからふうと息をはき、瓶《びん》を地面に置いて、頭を空にむけ、じっとどこか一点を見つめていた。

そしてまたコップにそそいで、一杯《ぱい》飲み、二杯《はい》飲みして、いきなりおれのほうを見たのだ。

目が合った。と思ったら、男は、コップを手にしたままこちらに大股《おおまた》で近づいてくる。

それまでのどこかなげやりな感じと違《ちが》って、なんだかすごい意志《いし》を感じたので、さすがにおっかなくなって逃《に》げ出そうと思ったが、ときすでにおそし。

そのまま身を固くしていると、男はおれのそばまできて笑みを浮《う》かべた。

「あなたは、今、ぼくがしていたことを見ていたでしょう？」

男の声は少ししゃがれていた。

「はい」

おれが仕方なくそうこたえると、さらに笑みを大きくしてつづけた。

「あなたはひとの秘密《ひみつ》をさぐってよいと思うんですか？」

「いいえ」

「なら、どうしてぼくの秘密《ひみつ》を？」

「べつにそんなつもりではないです。おれはここで本を読んでいただけで。それに、気分転換《てんかん》にあたりを見たりするのは、おれの勝手でしょう？」

男はおれのひざの本に目を落とした。

「そういうことじゃなくて……」

男が言いよどんだので、おれはきっぱり言った。

「いや、そういうことです。あなたが何をしようと、おれが何をしようと、害を及《およ》ぼさない限《かぎ》り、お互《たが》いに自由なんじゃないですか？　もしあなたがなにか秘密《ひみつ》にしておきたいことがあるなら、もっと注意を払《はら》って、他人に見られないように隠《かく》せばいいだけの話でしょうに」

おれがそう言うと、男は困《こま》ったように頭をかいた。

「たしかに、そうです。でも、あれで隠《かく》すのが精一杯《せいいっぱい》だったんです」

男は一瞬《いっしゅん》、口をつぐむと、息をはきだすようにつづけた。

「なんだか責《せ》めるような口をきいてすみません。でも、どうか今、見たことを秘密《ひみつ》にしておいてくれませんか？」

「頼《たの》みとあれば、そうしますよ。もともとおれとは無関係なことですし」

「ありがとうございます。それで安心しました。いきなりとがめるようなことを言って、もうしわけありません」

さっきとうってかわり、男はいかにも気弱そうにわびたので、おれはちょっと気の毒《どく》になって、ほんとうのことを話した。

「そんなにあやまらなくてもいいですよ。おれもあなたのことがちょっと気になってのぞいていたのは確《たし》かですから。でも、さっきのことがあなたの秘密《ひみつ》ということでしたら、おれはだれにも話したりしませんから、どうか安心してください」

するとと男はじっとおれの顔を見て、ほっとしたように、

「よかった。あなたは約束を守ってくれそうです。そうだ、できたらぼくの盃《さかずき》をうけてくれませんか？」

「それ、酒ですよね。だったら飲まないほうがよいです」

おれがことわろうとすると、男はつらそうな顔をした。

「飲まないほうがよい。もちろん、ぼくも飲まずにすむなら、飲みたくない。でもぼくは飲む。飲まずにいられないからです」

「えっ」

「そう。それがぼくの秘密《ひみつ》なんです」

男はつづけた。

「どうでしょうか。ここで出会ったのも、まあ、あやしい運命、いや不思議な縁《えん》の一つだとでも思って、ぼくの秘密《ひみつ》の盃《さかずき》をうけてくれませんか？　どうかおねがいです」

男の声や目つきがあまりに切なく、なにか悲劇的《ひげきてき》な大きな秘密《ひみつ》をかかえていそうだったので、おれはとうとううなずいた。

「わかりました。それでは一杯《ぱい》だけ、おつきあいしましょう」

そう言うと、男はうなずいてさっきの窪地《くぼち》へと戻《もど》っていくので、おれもあとについていった。

二

「これはとっても上等のブランデーなんですよ。自分で上等というのもなんですけど、先日、東京へ行ったときに銀座《ぎんざ》の亀屋《かめや》で、内緒《ないしょ》で一番いいものをとたのんで、三本買ってきて、ここに隠《かく》したんです」

男は草の上でおれに持っていたコップをわたすと、瓶《びん》から琥珀色《こはくいろ》の強い酒をそそいだ。

「一本はもう空《から》にしてしまって、空き瓶《びん》はすぐそこの滑川《なめりがわ》に投げ込《こ》みました。これが二本目で、あと一本はまだこの砂《すな》の中に隠《かく》してあります。なくなったらまた買いにいきますけどね」

男はおれがコップを受け取り、口をつけるのを見て、またつづけた。

「ところで、さっきぼくがここにきてみると、あなたがすでにこの場所を占領《せんりょう》していたんです。びっくりしましたね。このぼくのひみつの酒蔵《さかぐら》をうばって、しかもその上でのんきそうに本を読んでいるなんて、ちょっと許《ゆる》しがたいとさえ思ったんです」

「それで、こっちをにらんでいたってわけですね。まるで恨《うら》まれているみたいな目つきでしたよ」

おれが言うと、男は微笑《びしょう》を浮《う》かべた。その目もとには、この男の優《やさ》しさ、正直さがにじんでいるようで、それがなぜか痛《いた》ましく思えた。

「いや、あなたを恨《うら》んだわけじゃありません。ただ、ああ、今度はぼくが隠《かく》していた酒さえも、だれかの尻《しり》にしかれてしまうのかと、自分の運命を呪《のろ》っていたってわけです」

「運命を呪《のろ》う？」

「呪《のろ》うというと、たしかに大げさに聞こえますよね。でも、ほんとうのところ、ぼくには、そもそもだれかを呪《のろ》うなんて大それたことはできません。もともとそんな気力もないですし。いうなれば、運命に、ぼくのほうが呪《のろ》われていると言ったほうがあっているのでしょう」

「運命にですか？」

「ええ、そうです。ところで、あなたは運命を信じますか？　つまりなにかもともと定められたものがあると」

男はそう言うと、おれにコップを飲みほすよううながした。

「さあ、もう一杯《ぱい》どうぞ」

「いいえ、もうけっこうです」

おれはコップを返すと、

「それってつまり運命論者《うんめいろんじゃ》っていうことですよね、自分は違《ちが》うと思います」

「なるほど」

男は自分でブランデーをコップにそそぎ、喉《のど》に放り込《こ》むようにして飲みほすと、ふうと酒臭《さけくさ》い息をはいた。

「では、あなたは偶然論者《ぐうぜんろんじゃ》ってことですかね」

「さあどうでしょう。ただ、なにかの結果には、必ずそれなりの原因《げんいん》があると思っているだけです」

おれが言うと、男はうなずいた。

「たしかに、あることが原因《げんいん》で、結果としてなにかが起きるっていうことがあるでしょうね」

「ええ」

「それでも、時として、人の力ではどうしようもない原因《げんいん》から、思いがけない結果が起こることもあるんですよ。そんなとき、あなたはそこに人間の力を超《こ》えたなにか強い宿命、つまり運命のようなものを感じませんか？」

「それはそう、感じることはあるかもしれません。でも、それだって自然の法則《ほうそく》にすぎないでしょう。やはり結果には原因《げんいん》があるものです。つまり原因《げんいん》結果の理法です。だから、おれはなにか思うようにいかないことがあっても、それを『運命』なんていうどこか神秘的《しんぴてき》なもののせいにしてしまいたくないのです」

「そうですか、つまり、原因《げんいん》結果の理法を説くあなたは、この宇宙《うちゅう》に神秘《しんぴ》なんていうものはないというお考えなんですね」

「そう言われればそうかもしれません」

「ははは、あなたにとって、人生とは、算数の2×2が4みたいに単純《たんじゅん》なやさしいものなんでしょうね」

男はうすく笑った。

「あなたにとって、この宇宙《うちゅう》は立体ではなく平面のように単純《たんじゅん》で明快《めいかい》なものなんだ。だから、どんなことがあっても、あなたにはとくに驚《おどろ》きや恐《おそ》れもなく、深く考えることをしない。たとえば無限《むげん》というものがあるでしょう。数学者は、あれも、ただの数字の続きとして記号で片付《かたづ》けてしまいます。つまり、あなたはそんな数学者と同じというわけですね」

男はさらに、ちょっとあざけるように言った。

「でもそう言えるあなたは幸せなんですよ。あなたは、ぼくに言わせると、運命に祝福されている人だ。そして、このぼくは、あなたの言葉によると、たんに不幸を背負《せお》わされた、しょうもない男ということになるのでしょうね」

おれはちょっとイラっとして、立ち上がった。

「では、そろそろ、失礼しますよ」

すると男は、あわてておれをひきとめた。

「あ、も、もしかして怒《おこ》らせてしまいましたか？　もしぼくの言ったことが気にさわったら、すみません、あやまります」

「はあ」

「ぼくはこんなことばかりひとりで考えているものですから、ついいきおいにまかせて言ってしまいました。でも、いつもはこんな話、人にはしないんです。笑われるかもしれませんが、なんだか運命がぼくとあなたを引き合わせてくれたような気さえしているんです。このぼくを残念な男だと思って、もう少しだけ、おつきあいして話を聞いてくれませんか……」

「でも、とくにお話しするようなこともなさそうですが」

「そんなことおっしゃらずに、もう少し、もう少しだけここにいてください。あ、ちょっとぼくは酔《よ》っているかな、でも、これもきっと運命、そう運命だと思って、ぼくの話を聞いてくれませんか。このぼくに、いったいどんな不幸せな運命が待ち受けていたかを」

このときの男のそんな切なそうな声を聞いたら、きっとだれでも心が動かされたはずだ。

おれは、仕方なくもういちどすわりなおした。

「わかりました。ではお聞きしましょうか。さしつかえなければ、なんでも話してみてください」

「聞いてくれますか！」

男はぱっと表情《ひょうじょう》を明るくした。

「実際《じっさい》、ぼくは運命にほんろうされています。もう、自分でもどうしていいかわからないぐらいに。それでも、あなたが、やはり結果には必ず原因《げんいん》があるというお考えのままでいるならかまいません。ただ、その結果があまりに異常《いじょう》で、理不尽《りふじん》だったため、ある若《わか》い男がどうしようもない苦悩《くのう》にみまわれていると知ったなら、運命にはときに抗《あらが》うことができない怪《あや》しい力があるものだという、ぼくの説もわかってもらえる気がするんです」

男はそう言うと、おれにむかってこんな話をした。

「ひとつたとえ話をしましょう。あるところに男がいて、たまたま道を歩いていたら、どこからともなく石がとんできて頭にあたり即死《そくし》してしまった。そのせいで男の妻子《さいし》は、貧乏《びんぼう》になって飢《う》えに苦しみ、そのせいで母と子は争うようになって、あげくのはてにこの親子が殺《ころ》し合うことになる。そんなひどい事件《じけん》がこの世に起きてしまうことがあるって思いますか？」

「実際《じっさい》にあるかどうかはわかりませんが、起きることは、あり得《う》るでしょうね」

「そうです。ときに偶然《ぐうぜん》な出来事で、そんな悲惨《ひさん》な結末を迎《むか》えるということがあるものなんです。たまたま頭に石が落ちてくるなんて、信じられないかもしれませんが、じつはこのぼくの身に起きたのは、まさにこのようなことなんです。実際《じっさい》、信じがたい怪《あや》しい力がぼくをもてあそび、苦しめているのです。これを運命だとぼくは言うんです。実際《じっさい》、それ以外に言いようがない」

男はつづけた。

「まず、はじめに、どうしてぼくがこんな砂山《すなやま》の窪地《くぼち》で酒を飲んでいるかをお話ししますね。酒は、ぼくにとって苦しみをいっときでも忘《わす》れさせてくれる一種の麻酔《ますい》薬《やく》みたいなもんなんです。ただ、自分の家では事情《じじょう》があって飲めないので、ここに隠《かく》していたというだけの話。この場所は静かで、どこか空気も澄《す》んでいて、あの毒々《どくどく》しい運命の悪魔《あくま》も近寄《ちかよ》ってこられない。ここで酒を飲み、酔《よ》って横になって空を見上げているときだけ、ぼくはいくらか自由になれる気がするんです。それに、こうしていると、そのうちだんだんと酒の毒《どく》が、ぼくの心臓《しんぞう》を破《やぶ》って、いつかぼくを自滅《じめつ》させてくれる気もして」

「まさか、あなたは自殺《じさつ》しようとしてるんですか？」

おれはおどろいて声を上げた。

「いいえ、自殺《じさつ》じゃない、自滅《じめつ》です。運命は、ぼくに自殺《じさつ》さえさせてくれないんですから。あなた、運命の鬼《おに》が好んでつかう道具ってなにか知ってますか？『迷《まよ》い』ですよ。自殺《じさつ》というのは決断《けつだん》です。迷《まよ》いの中で迷《まよ》っている人に、そんな決断《けつだん》なんてできるでしょうか。だから、ぼくはただ自滅《じめつ》を待つのみなのです。この苦しみから逃《のが》れるために、残されたのはそれだけ」

「ええ？　自滅《じめつ》も自殺《じさつ》には違《ちが》いないでしょう。それに、どんな理由があるのかはわからないですが、自殺《じさつ》はだめですよ」

おれが言うと、男は暗い影《かげ》を漂《ただよ》わせたまま低く笑った。

「けれども、自殺《じさつ》するのは本人の自由でしょう」

「そうかもしれません。でも、それを言うなら自殺《じさつ》を止めるのも自由というか、いや、これは人としてのとうぜんの義務《ぎむ》です！」

「はは、いいですよ。止めていただけるなら、ありがたい。ぼくだって自滅《じめつ》なんてしたくないので、話をすっかり聞いたうえで、どうか、ぼくをここから救《すく》い出す方法をみつけてくれませんか。といってもあなたに、そんなことができるとは思えませんけど」

そう言われたら、おれだってだまっていられなかった。

「いいでしょう。ぜひとも聞かせてください。あなたに起きたその運命にまつわるお話っていうやつを」

三

男は語りはじめた。

「ぼくは高橋信造《たかはししんぞう》ともうします。でも、この高橋は結婚《けっこん》して婿《むこ》養子に入った先の姓《せい》で、もとは大塚《おおつか》でした。

父は、大塚剛蔵《おおつかごうぞう》といいまして、もしかしたら名前ぐらいは聞いたことがあるかもしれません。東京控訴院《こうそいん》（いまの東京高等裁判所《さいばんしょ》）の判事《はんじ》（裁判官《さいばんかん》）でし〔、世間でも少しは名の知られた男ですから。

子どもの、ぼくから見て、父は、剛蔵《ごうぞう》という名前のとおりの男でした。まじめで正直で、でもどこか頑固《がんこ》で融通《ゆうずう》の効《き》かないところもあるといった感じでしょうか。

父はすごく教育熱心でしたが、ぼくを育てるのには苦労していました。というのも、ぼくは幼《おさな》いころから勉強ぎらいで、いつも物陰《ものかげ》にひとりこもってぼんやり外を眺《なが》めているのが好きというような子でしたから。

あれは十二歳《さい》のときでした。

もう春の終わりで、庭の桜《さくら》がほとんど散ってしまったあとのことです。土蔵《どぞう》の石段《いしだん》にすわって、色あせた花びらがまだ枝先《えださき》にわずかに残っていて、緑の若葉《わかば》の間からひらひらと一枚《まい》、また一枚《まい》と落ちていくのをじっと眺《なが》めていたのを今でもはっきり思い出せます。

夕日が庭の木々の間から差し込《こ》んできて、静かだった庭がいっそう静まり返る様子は、子ども心にもどこかもの悲しく、それでいてそのしんみりさが嬉《うれ》しいみたいな、春愁《しゅんしゅう》というのでしょうか、そんな気持ちだったのです。

人の心の不思議さを知っている人なら、子どもだって春の静かな夕べにそんな気分になるのもわかるでしょう。

でも父は、そんなぼくのことを心配していたのです。

なんだか坊主《ぼうず》くさいやつだと、しじゅうしかられていました。

それに比《くら》べて、二歳《さい》下の弟の秀輔《ひですけ》はいわゆる腕白小僧《わんぱくこぞう》で、からだつきも父に似《に》てがっちりしていて、性格《せいかく》もぼくとは全然違《ちが》っていたんです。

母はお豊《とよ》といいまして、優《やさ》しいけれど、しんが通ったしっかりものでした。

ただ、ぼくが父に怒《おこ》られているときも、弟と一緒《いっしょ》にそばで微笑《ほほえ》んでいるだけで、母に可愛《かわい》がられた記憶《きおく》はじつはあまりないのです。

そのときはとくに気にしていなかったのですが、ぼくが孤独《こどく》な子どもだったのも、心のどこかで、自分のことを母に愛されていない子だと感じていたからかもしれません。

そんな母と違《ちが》って、父はたしかにぼくのことを気にかけてくれました。

でも、それだって、世間の父と子の関係とは少し違《ちが》っていた気がします。

父は、よく『せっかく男として生まれたのだから、もっと男らしくあれ。女のような男にはなるなよ』と口癖《くちぐせ》のように言っていたのですが、その言葉の中にも、あとでぼくを悩《なや》ませることになる、あの怪《あや》しい運命の入り口が、じつはわずかに見えていたのです。

そのころ、父は岡山地方裁判所《さいばんしょ》の所長をしていたので、ぼくたち一家は岡山市内に住んでいました。

そんなある日のこと、あれは十二歳《さい》になったばかりでしたでしょうか。

ぼくがいつものように庭でぼんやりしていると、いつのまにか父がやってきて、真面目な顔でこんなことを言いました。

『おい、信造《しんぞう》、おまえはいったいなにを考えているんだ。生まれ持った性格《せいかく》なら仕方がないが、おれはおまえみたいな暗いやつは好きじゃない。もっとしっかりしろよ』

でも、ぼくがなにもこたえず、黙《だま》っていると、父はぼくのとなりに腰《こし》かけ、きゅうに顔をのぞきこみ、

『もしかして、おまえだれかに何かをふきこまれたのか？』

なんのことかさっぱりわからなかったのですが、その父の口調にびっくりして、ぼくが涙《なみだ》を浮《う》かべると、父は、はっとしたように顔色を変え、声をひそめて問いただしてきました。

『隠《かく》さなくていい。いったいどんなことを聞いたんだ？　正直に言え、おれにも考えがあるから』

父の様子はあきらかに変でした。

『さあ、言いなさい。隠《かく》すことはないんだから』

その顔つきがあまりに怖《こわ》かったので、ぼくはわけもわからず、ただ、『ごめんなさい、ごめんなさい』とあやまることしかできませんでした。

でも、父はぼくを攻め立《せ》てるばかり。

『隠《かく》すな、隠《かく》さんでいいぞ』

『ごめんなさい』

実際《じっさい》、隠《かく》しごとなんてなかったのですが、勢《いきお》いにおされて、こういう返事しかできなかったのです。

『だから、あやまるんじゃないって言っているだろう。おれはただおまえはだれかからみょうなことを聞いて、それでふさぎこんでいるんじゃないかと、心配しているだけだ』

それで、ぼくが父を見上げると、父はそんなぼくの目をじっと見て、ふいに涙《なみだ》ぐんだのです。

『そうか……うん、悪かったな。もう泣かなくていいぞ。おれも、もうなにもきかないから』

そのときの父の声はとても優《やさ》しくて、慈愛《じあい》に満ちていました。

それから、父は、ぼくがどんなにぼんやりしていても小言をいうことがなくなりました。でも、ぼくの心の中に、なにか得体《えたい》の知れない暗い影《かげ》がひろがっていくのを感じていました。それが、最初の運命の鬼《おに》の爪《つめ》あとだったのでしょう。

なにしろ、父の涙《なみだ》を見たのはあのときがはじめてだったからです。

ぼくは、父の涙《なみだ》の裏《うら》に隠《かく》されたことが気になって仕方ありませんでした。子どもなりにあれこれ考えて、もしかしたら、ぼくの身に関することなのかなと思うようになりました。

暗いところにしばらくいると、目が慣《な》れて暗がりでも目がきくようになるのと一緒《いっしょ》だったのでしょう。

実際《じっさい》、ぼくは気づいてしまったのです。自分と自分の家族のあいだに横たわる暗い影《かげ》みたいなものに。

ただ、心を痛《いた》めながらも父に問いただしたりしませんでした。

そして十五歳《さい》になったとき、ぼくはこの家族のもとを離《はな》れて中学校（旧制《きゅうせい》）の寄《き》宿舎《しゅくしゃ》に入れられることになったのです。

でも、その前にちょっと話しておかなければいけないことがあります。

うちの屋敷《やしき》のとなりに、広い桑畑《くわばたけ》があってその横に板葺《いたぶき》の小さな家があったのです。そこに老人夫婦《ふうふ》と、そのころ十六、七歳《さい》の孫娘《まごむすめ》が住んでおりました。

この家の老人と、ぼくはわりと親しくしていてよく出入りしていたのですが、ある日、囲碁《いご》の遊び方を教えてもらいました。

それがすごくうれしくて、家に帰りさっそく父と母に話したところ、いつもは遊びのことなど気にもしない父がひどく怒《おこ》りだしたのです。

『囲碁《いご》なんてやるんじゃない』

しかも、母も不安そうな目で、だまって父と顔を見合わせたりするものですから、いったいなにごとだろうか？　とぼくもいぶかしく思ったものでした。

ただ、その秘密《ひみつ》が知れたとき、ああのときも、運命の鬼《おに》がぼくにむかって顔をのぞかせていたんだなと、納得《なっとく》したものでした。

四

十六歳《さい》のとき、父は東京に転任《てんにん》したので、うちは家族で引《ひ》っ越《こ》したのですが、ぼくだけはそのまま岡山中学校（旧制《きゅうせい》高等中学と大学予科、いまの高校にあたる）の寄宿舎《きしゅくしゃ》に残されました。

その後のことを思うと、ぼくの人生にとってこの中学ですごした年月ほど素晴《すば》らしい日々はなかったでしょう。

同級生はみな親切でしたし、なにもかも自由で楽しかったのです。

おかげで、自分の身の上についての疑惑《ぎわく》もうすれ、そのうち根暗《ねくら》な性格《せいかく》まで、まるで雪が溶《と》けるように消えてしまって、明るい活発な青年と言われるようにもなっていました。

ところが十八歳《さい》の秋に、とつぜん東京の父から手紙がきて、いそぎ学校をやめて上京するようにと言われてしまったのです。

あまりにとつぜんのことで、ぼくはぼうぜんとなりました。

あと一年、せめていまの学校を卒業するまで、このまま岡山にいたいと手紙を書こうと思ったのですが、そうもいかない事情《じじょう》ができたのかと思い直し、東京に向かいました。

麹町《こうじまち》にある家につくと、父はすぐ、相談したいことがあると奥《おく》の書斎《しょさい》にくるようぼくに命じました。

『おまえ、法律《ほうりつ》を学ぶ気はないかね』

あまりに思いがけないことだったので、ぼくはすぐに口がきけず、ただ父の顔を見つめるだけでした。

『じつは手紙でくわしく書いてやろうと考えたのだが、それもまわりくどいだろうとこうして東京に呼《よ》んだのだ。おまえもいまの学校を卒業し、できれば大学までいこうと思っていただろうが、それより一日でもはやく社会に出て、独立《どくりつ》したほうがいいと考えたんだ』

それで父は、ぼくにすぐ私立《しりつ》の法律《ほうりつ》学校に入れというのです。

『そこを三年で卒業して弁護士《べんごし》の試験を受けろ。それで司法試験に受かったら、親しい弁護士事務所《べんごしじむしょ》に世話してやるから、そこで四、五年、社会勉強のつもりではげむといい。それで独立《どくりつ》して事務所《じむしょ》を開けば、それこそもう立派《りっぱ》な弁護士《べんごし》だ。三十にならないうちに、一流の人物になっているというわけだ。どうだな、そのほうが人生の近道だと思わんか』

この父の提案《ていあん》を聞いて、ぼくはもちろん気が動転しました。

ただ、その言葉のはしばしに、親の親切心とは違《ちが》うなにかを感じ取っていたのです。まあ、いってみれば、主人が住み込《こ》みの書生に示《しめ》す恩愛《おんあい》みたいなものです。

父のなかで、離《はな》れて暮《く》らすこの三年の間に、ぼくの存在《そんざい》はこれまでとは違《ちが》うものになっていたのでしょう。そう、もともとあるべき関係というか、ぼくが父の手元をはなれた三年の歳月《さいげつ》のうちに、父にとって我《わ》が子と呼《よ》べるのは弟の秀輔《ひですけ》だけになっていたのでした。

ただ、父はその本心を自分では認《みと》められずに、ぼくに対してなんとか以前のままの父親らしくふるまおうとしていたのです。

それに気づいたぼくは、とうてい自分の希望なんて言えなくなってしまい、

『わかりました、そうさせてもらいます』

とだけこたえて、父の書斎《しょさい》をあとにしたのでした。

しばらく会わないうちに変わったのは、この父だけではありません。母の態度《たいど》も以前にもましてよそよそしくなっていました。

もしかしたら、ぼくのひがみかなとも思ったのですが、かつて十二歳《さい》のとき、庭で父に問い詰《つ》められたときにめばえたあの疑惑《ぎわく》がふくらむばかりでした。

それで神田の法律《ほうりつ》学校に通いだして三ヶ月ほどしたある晩《ばん》に、とうとうこらえることができなくなって、学校から帰って食事をすませると、すぐに父の書斎《しょさい》に向かったのです。

父は机《つくえ》に向かって手紙を書いていたのですが、ぼくを見て、目だけあげて、

『うん、なんぞ用か？』

ときくだけで、そのまま便箋《びんせん》に筆をはしらせていました。

ぼくは火鉢《ひばち》のそばにすわり、しばらくだまって父を見ていました。

帰りがけに降《ふ》りはじめた雨に霙《みぞれ》がまじりだしたのか、ぱらぱらと窓《まど》のひさしを打つ音だけが聞こえていました。

やがて父は手紙を書き終えたらしく筆をおいて、こちらを向くと、やさしい声でもういちどなにか用があるのかときいてきました。

『はい、じつは少しおたずねしたいことがあります』

ぼくがこたえると、父はわずかに身構《みがま》えて、

『なんだね』

と、ききかえしました。

『お父さま、ぼくはほんとうにお父さまの子なのでしょうか』

ぼくはずっと胸《むね》のうちにあった思いを、思いきってそのまま口にしたのです。

すると、父は一瞬《いっしゅん》、ぎょっとして、

『おまえ、なにを言いだすんだ!』

とにらむような目になりましたが、すぐに表情《ひょうじょう》をやわらげて、

『どうして、おまえはそんなばかなことをきくのだね。なにかおれたちが親らしくないことをしたか？』

『そういうわけではございません。ただずいぶんまえから気になって、胸《むね》を痛《いた》めていたのは確《たし》かです。話してもいいことなどない秘密《ひみつ》なので、お父さまは内緒《ないしょ》にされていたのでしょうが、やはりなんとしてもぼくは知りたいのです』

ぼくは声をあらげることもなく、ただ強い気持ちできいてみたのです。

父は、腕組《うでぐ》みしたまま、じっと考えているようでした。でも、やっと顔を上げ、ぼくを見つめたのです。

『おまえが自分の出生のことで疑《うたが》っていることには、おれも気づいていたんだ。自分からちゃんと話したほうがいいと何度も思った。でもなかなか言い出せなかった。でも、おまえも知りたいというなら、わかった。話して聞かせよう』

それから父は語りはじめました。

ずいぶんまえ、父が山口県の周防《すおう》にある地方裁判所《さいばんしょ》にいたときのことです。

馬場金之助《きんのすけ》という碁客《ごかく》、つまり碁《ご》を打って暮《く》らしている棋士《きし》がいて、父と兄弟のように親しくしていたそうです。この馬場という男は、ちょっと天才的なところもあって、碁《ご》以外のことでも父は強く惹《ひ》かれていたとのこと。じつはこの男のただひとりの子が、つまり、ぼくなのでした。

ぼくが二歳《さい》のとき、この馬場が病気で亡《な》くなってしまい、妻《つま》のほうも夫の後を追うように亡《な》くなってしまったそうです。そこで、残された子どもをどうするかということになったとき、大塚《おおつか》の父は引き取ることをきめたといいます。

馬場への友情《ゆうじょう》と、孤児《こじ》となった幼《おさな》い子どもを助けてやりたいという両方の思いがあったのでしょう。それに当時、大塚《おおつか》の父は三十八歳《さい》で、母は三十四歳《さい》で、もはや子どもをもできないだろうとあきらめていたせいもあるかもしれません。

ぼくの亡《な》くなった実の両親は、父の馬場が三十二歳《さい》でしたが、母はまだ二十五歳《さい》と若《わか》く、母はまだ父の戸籍《こせき》に入る前にぼくが生まれたかして、ぼくの出生届《とどけ》も出されていなかったといいます。そこで大塚《おおつか》の父は、ぼくを引き取ったとき、自分の子どもとして届《とど》け出たのです。

『そのあとおれは転勤《てんきん》になり、山口を去ったから、おまえがおれたちのほんとうの子どもではないことを知っているものはほとんどいない』

その後まもなく、大塚《おおつか》の両親には、弟の秀輔《ひですけ》が生まれたが、ぼくも実の子どもとして、弟と差別することなくこれまで育ててきたつもりだという。

『それはこの先もかわらない。親としてできるかぎりのことをする。だからみょうなひがみ根性《こんじょう》などおこすんじゃないぞ。おまえの父母は、おれたちだけだ。どこまでもおれたちを親と思って、おれたちの老先を見届《みとど》けてくれ。それに秀輔《ひですけ》にも、おまえの生まれの秘密《ひみつ》は知らせないから、おまえも実の兄として生涯《しょうがい》、あれの力になってやってくれ』

そう言いながら父は涙《なみだ》を浮《う》かべていましたが、それより先にぼくも泣いていたのです。

このとき、ぼくと大塚《おおつか》の父は、この秘密《ひみつ》は守ると誓《ちか》いあいました。

そしていずれ何かの事情《じじょう》で山口にいくことがあっても、かげながら父母の墓《はか》にもうでることはしても、絶対《ぜったい》に人にもらしたりしないとぼくは約束したのです。

その後の日々は、以前と違《ちが》ってずっとおだやかになりました。

大塚《おおつか》の父も、秘密《ひみつ》を打ち明けてしまって、かえって安心したようでした。

ぼくも大塚《おおつか》の両親のこれまで育ててくれた恩《おん》を思い、あらためて大塚《おおつか》の両親へ愛《あい》情《じょう》を感じ、精一杯《せいいっぱい》つくそうと思うようになりました。

勉強のほうも、これまで以上にいっしょうけんめい取り組みました。

というのも両親はああ言ってくれたものの、できるだけはやく独立《どくりつ》してこの家を出ようと思ったからです。この大塚《おおつか》の家督《かとく》は、弟の秀輔《ひですけ》がつぐべきだと、ぼくなりに心の深いところで決意していたのです。

それからの三年はたちまちすぎていきました。

ぼくは無事に学校を卒業し、さらに大塚《おおつか》の父の言葉に従《したが》って一年間、猛《もう》勉強をして司法試験に合格《ごうかく》、弁護士《べんごし》の資格《しかく》を得《え》ることができたのです。

大塚《おおつか》の父は大喜《おおよろこ》びで、すぐに友人の井上先生の法律事務所《ほうりつじむしょ》を紹介《しょうかい》してくれ、務《つと》めることになりました。

こうして、ぼくは弁護士《べんごし》として、東京の京橋にある井上先生の事務所《じむしょ》に通うことになったのでした。

もし、あのままでいたら、大塚《おおつか》の父もぼくの行く末に安心し、ほっと肩《かた》の荷をおろすことができたのでしょう。

ぼくにしても、平穏《へいおん》な日々に満足し、将来《しょうらい》になんの憂《うれ》いもなく、幸せをかみしめていたはずなんです。

けれども、やはり、ぼくはどうしようもないほどの悪運の子だったのです。

ほとんどだれも想像《そうぞう》できないような落とし穴《あな》がぽっかりと、ぼくの前にあいていました。

運命の鬼《おに》は、残酷《ざんこく》にもそこへぼくをまっさかさまに突《つ》き落としたのでした。

五

井上先生は、京橋の他に横浜《よこはま》にももう一ヶ所、法律事務所《ほうりつじむしょ》をもっていたのですが、ぼくは二十五歳《さい》のときにそこを任《まか》されることになりました。

肩書《かたがき》はあくまで井上先生の部下でしたが、そこの責任者《せきにんしゃ》としてでしたので、ぼくが独立《どくりつ》してやるのと同じことでした。

年齢《ねんれい》のわりにかなり早い出世だといってもよいと思います。

その横浜《よこはま》に高橋という雑貨商《ざっか》がいて手広く仕事をしていました。店の主人は女で名は梅《うめ》。ご主人は二年ほど前に亡《な》くなっていて、一人娘《ひとりむすめ》の里子《さとこ》と一緒《いっしょ》になかなか贅沢《ぜいたく》な暮《く》らしをしていたのです。

商い上の訴訟《そしょう》の関係で、ぼくはこの家に出入りすることになったのですが、すぐに娘《むすめ》の里子と恋仲《こいなか》になりました。

簡単《かんたん》に言うと、半年もたたないうちに、ぼくと里子は、いっときもはなれることができないほどに愛し合うようになったのです。

そこで井上先生に結婚《けっこん》の媒酌人《ばいしゃくにん》をおねがいして、ぼくは高橋の家に婿《むこ》養子に入ることになりました。ついに大塚《おおつか》の家を出たというわけです。

自分で言うのもなんですが、里子は美人というほどでないにしても、目鼻立ちのととのったかわいい女です。丸顔で愛嬌《あいきょう》もあって、遠慮《えんりょ》なく言いますが、なによりもぼくを愛してくれています。

そして、ほんとうのところ、この彼女《かのじょ》のぼくへの愛情《あいじょう》が、今、ぼくを苦しめている一番の原因《げんいん》なのです。

もしも里子がぼくをこんなにも愛し、ぼくのほうも里子を愛していなければ、ぼくはこんなにも悩《なや》みはしなかったでしょう。

里子の母の梅は、今は五十歳《さい》ですが、見た感じは若々《わかわか》しくせいぜい四十歳《さい》にしか見えません。小柄《こがら》ですが、人目を惹《ひ》くかなりの美人で、なかなか立派《りっぱ》な女主人です。

正直で、情《じょう》の強い人なのですが、裏《うら》を返すとつまりは思っていることがすぐに顔に出てしまうようなところがありました。

もともとは快活《かいかつ》で、よく笑い、よくしゃべる楽しい人なのですが、ぼくが里子と恋仲《こいなか》になってから、ときどきなにか深く考え込《こ》んでいるような沈鬱《ちんうつ》な顔をし、半日もほかの人と口をきかない日がありました。

婚約《こんやく》中になんとなくそれに気づいていたのですが、結婚《けっこん》してぼくが高橋の家で暮《く》らしはじめてから、妙《みょう》なことを発見したのです。

毎晩《まいばん》、九時になると、義母《ぎぼ》はひとりで自分の居間《いま》にこもって、床間《とこのま》にかけた不動明王を拝《おが》むのです。それも一心不乱《いっしんふらん》に、なにごとか念じながら、一時間も二時間も。ときには真夜中すぎまでつづくことがありました。とくに一日中、ふさぎこんでいた日はこれが激《はげ》しいようでした。

はじめは気にしないようにしていたのですが、あまりにつづくので、さすがに里子にいったいどうしたことかときいてみました。

すると里子はあっけらかんとして、

『もう、ほっておきましょうよ、あれは二年ほど前から始めたんです。でもお母さんにきくと、すごく不機嫌《ふきげん》になるから、わたしも知らん顔することにしたの。ごらんなさい、もうとち狂《くる》ってしまっているみたいでしょう』

と、とくに気にかけていないようだったので、ぼくもそれ以上は問いただすことをしませんでした。

けれどもそれから一ヶ月ほどしたある晩《ばん》のことです。

事務所《じむしょ》から帰り、夜食をすませて、みなで雑談《ざつだん》をしていると、義母《ぎぼ》がとつぜん、こんなことを言いだしたのです。

『怨霊《おんりょう》って、何年経《た》っても消えないものなのかねえ』

すぐに里子が、

『怨霊《おんりょう》なんているはずないわ』

と、打ち消そうとすると、義母《ぎぼ》はむきになって言い返しました。

『生意気を言いなさんな。お前は見たことがないだろ。だからそんなのんきなことを言えるのよ』

『それなら、お母さんは見たの？』

『ええ、見ましたとも』

『へえーそうなんだ。どんな顔をしていて？　わたしも見てみたい』

里子がわざとからかうように言うと、義母《ぎぼ》はおどろくほど顔色を変えて、

『おまえは、怨霊《おんりょう》が見たいの、怨霊《おんりょう》が見たいのね？　ほんとうに生意気なことを言う子だよ、おまえって子は！』

と怒《おこ》ったように言い、そのまま立ち上がって、自分の部屋に引っ込《こ》んでしまったのです。

ぼくは声をひそめて里子に、

『お母さんは、ほんと、どうしたんだろうね』

と言うと、さすがに里子も不安そうな顔になりました。

『うん。なんだか気味が悪いわ。お母さん、病気なんじゃないかしら』

『ちょっと心のやまいかもな』

ぼくも言いましたが、翌日《よくじつ》になると、義母《ぎぼ》はけろりとしていて、おかしなこともなくふだんどおりなのです。

ただいつもどおり、夜になるとあの不動明王の前で熱心に拝《おが》みつづけるのだけは変わりません。

でもぼくと里子は、これにはもう慣《な》れっこになっていたので、とくに気にはしませんでした。

ところが今年の五月のはじめのことです。

ぼくはいつもより二時間ほどはやく事務所《じむしょ》から家に帰ってきました。

その日は曇《くも》っていて、家の中もうす暗かったのですが、奥《おく》にあるせいか義母《ぎぼ》の部屋はとくに暗かったのです。

ぼくは義母《ぎぼ》に用事があったので、とくに声もかけずに、襖《ふすま》を開けて部屋に入ると、義母《ぎぼ》は火鉢《ひばち》の前でひとりぽつんとすわっていました。

ところが、ぼくの顔を見るなり、義母《ぎぼ》はいきなり、

『あっ、あああっ！』

と、さけんで、立ち上がろうとして尻餅《しりもち》をつきました。

でも、そのままぼくを見たときの目つき、顔色ときたら……。

義母《ぎぼ》が気絶《きぜつ》したのかと、びっくりしてあわててそばにかけよりました。

『お母さん、どうしました、どうしました』

ぼくが声をかけると、義母《ぎぼ》ははっとしたようにすわりなおし、

『はあ、おまえだったか、わたしは…、わたしは…』

義母《ぎぼ》は自分の胸《むね》をさすりながらも、不思議そうに何度もぼくの顔を見るのです。

『ほんとうに、お母さんどうなさったのですか？』

あらためてぼくがきくと、義母《ぎぼ》は、

『おまえがいきなり部屋に入ってきたので、びっくりしただけよ』

と言うだけでした。

ただ、気分がおさまらないとお手伝いさんに布団《ふとん》を敷《し》かせて、その日はそのまま休んでしまったのです。

このことがあってから義母《ぎぼ》の様子はますますおかしくなりました。毎晩《まいばん》、あの不動明王を拝《おが》むだけでなく、今度はよくわからない神符《おふだ》を何枚《まい》もどこからかもらってきて、自分の居間《いま》のあっちこっちにぺたぺた貼《は》り付けだしたのです。

それだけではなく。これまで自分ひとりで拝《おが》んでいたのが、このことがあってからは、このぼくにも不動明王さまを一緒《いっしょ》に拝《おが》めと言いだしたのです。

『どうしてそんなことしないといけないんですか？』

ぼくがきくと、義母《ぎぼ》はぼくに手を合わせるように頼《たの》むのです。

『ただだまって、おまえもお不動明王さまを信じておくれ。それでないとわたしが心細いから』

『お母さんの気が休まるなら、もちろん、ぼくも拝《おが》みますが、それならぼくより里子のほうがよいのではないですか？』

『いいえ、お里ではいけません。あの子には関係がないことだから』

『では、ぼくに関係があるのですか？』

『それはきかないで、お不動明王さまを拝《おが》んでおくれ。お願いだから』

義母《ぎぼ》の言葉をとなりで聞いていた里子が、あきれたようにためいきをつきました。

『ほんとおかしなお母さん、お不動さまが信造《しんぞう》さんとお母さんに関係があって、どうしてわたしには関係がないっていうのよ？』

『だから、お願いしているじゃないの。あなたたちにわけが話せるぐらいなら、お願いなんてしません』

『だって、そんなの無理だわ。信造《しんぞう》さんにお不動さまを信仰《しんこう》しろだなんて、今時の人にそんなことを勧《すす》めたって……』

『そんならもう頼《たの》みません！』

義母《ぎぼ》が怒《おこ》ってしまったので、ぼくはなだめようと言葉をやわらげました。

『いえ、ぼくだって、お不動さまをおがむのがいやだと言いません。でもわけもわからずというのもなんなので、お母さん、どうかその理由を話してくれませんか。ぼくたちは家族なんだし、どんなことか知りませんが、どうか聞かせてください』

義母《ぎぼ》がどんな悩《なや》みを抱《かか》えているかはわからないけれど、ぼくとしては話を聞くだけきいて、母の不安をとりのぞいて、落ち着かせてやれたらと思ったのです。

すると義母《ぎぼ》はしばらく考えていましたが、深く息をはいて、声をひそめました。

『いい？　ここだけの話だよ。だれにも知らせてはいけません』

義母《ぎぼ》はそれから里子が生まれる以前の話をしてくれました。

『わたしがまだ若《わか》いころのこと、お里のお父さまに嫁《とつ》ぐまえ、ある男に執着《しゅうちゃく》されて困《こま》り果てたことがあったの。その男はわたしに言い寄《よ》り、つけまわし自分のものにしようとした。けれどもわたしはどうしてもいやで、その男の心に従《したが》おうとしなかった。そのうちその男が病気になってしまい、死ぬ間際《まぎわ》にわたしをたいへん恨《うら》んであれこれ言ったそうです。わたしもいやな気持ちだったんだけど、幸い、この高橋の家に縁《えん》づいてからは気にもしなくなって幸せに暮《く》らしていました。ところがお里のお父さまが亡《な》くなってから、きゅうにその男の怨霊《おんりょう》がどうかすると現《あらわ》れ、怖《こわ》い顔でにらみつけ、わたしをとり殺《ころ》そうとするのですよ』

それで義母《ぎぼ》はお不動明王さまにすがったらしい。

『お不動さまに手を合わせて、一心に念じていると、その怨霊《おんりょう》がだんだん消えてなくなるの。それですめばよかったんだけど……』

義母《ぎぼ》はいっそう声をひそめた。

『どうやら、その怨霊《おんりょう》が、このごろは信造《しんぞう》にとりついたみたいなのよ』

『まあ、いやね！』

里子はまゆをひそめました。

『でも、だってほんとうなのよ。どうかすると信造《しんぞう》の顔が、わたしには、あの怨霊《おんりょう》そっくりに見えるんだから』

それで義母《ぎぼ》は、ぼくに不動明王を信じろと勧《すす》めたのです。

けれどもそんなばかなまねはできないし、そもそも怨霊《おんりょう》なんて、この世にいるはずがないと、ぼくと里子は義母《ぎぼ》に言いました。

でも、義母《ぎぼ》は怨霊《おんりょう》のことを固く信じて疑《うたが》わないのです。

ついに、ぼくたちはそんな義母《ぎぼ》をもてあましてしまいました。

そこで里子と相談し、鎌倉《かまくら》あたりでゆっくりすごせば少しは落ち着くのではないかと、無理に勧《すす》めて、そうそうに義母《ぎぼ》をここの別荘《べっそう》に入れることにしたのです。

つまり、その怨霊騒《おんりょうさわ》ぎがあった今年の五月のうちのことです」

六

高橋信造《たかはししんぞう》はここまで話してふと顔をあげ、西に傾《かたむ》きだしたあたりを、苦悩《くのう》に満ちた悲しそうな顔で見つめた。

やがて、コップのブランデーをひといきに飲みほし、おれのほうを見た。

「これ以上、この先のことをくわしくお話しする勇気はぼくにありません。すみません。事実を簡単《かんたん》にお話しするので、あとはあなたの想像《そうぞう》におまかせします。

義母《ぎぼ》の高橋梅《うめ》は、ぼくの実の母、産みの母であったのです。

つまり妻《つま》の里子は父が違《ちが》うけれども、ぼくの妹だったのです。

これがあやしい運命でなくて何としましょうか。これもまた、あなたのおっしゃるどんな結果にも原因《げんいん》があるという原因《げんいん》結果の理法だといえば、たしかにそれまでです。

でも、そんな理不尽《りふじん》なことを受けなくてはならないぼくからすれば、こんな過酷《かこく》な理法をただ恨《うら》みます。

どうしてこのことがわかったのかお伝えしますね。

義母《ぎぼ》を鎌倉《かまくら》の別荘《べっそう》に移《うつ》して一ヶ月ほどしたときでした。ぼくは訴訟《そしょう》の仕事で長崎にいくことになったのです。

その途中《とちゅう》、山口や広島にも寄《よ》る予定でしたので、お見舞《みま》いのついでに鎌倉《かまくら》を訪《たず》ねたとき、そのことを伝えました。

すると義母《ぎぼ》は血相を変えて、山口になんて寄《よ》るなと言うのです。

けれども、仕事もあったし、この際《さい》だから一度は実の父母の墓参《はかまい》りもしてみたいと思っていたので、義母《ぎぼ》には適当《てきとう》なことを言ってごまかし、山口を訪《たず》ねることにしました。

以前、大塚《おおつか》の父から聞いていたので、父母の墓《はか》のあるという寺はすぐにわかりました。

ところがです。父の馬場金之助《きんのすけ》の墓《はか》はみつかりましたが、父を追うようにして死んだはずの母の信《のぶ》の墓《はか》がないのです。

不審《ふしん》に思って老僧《ろうそう》に会い、そのことをたずねました。

もっとも、ぼくはただゆかりのあるものとだけ伝えて、身の上は打ち明けませんでした。

すると老僧《ろうそう》は、馬場金之助《きんのすけ》の妻《つま》お信《のぶ》の墓《はか》などあるはずはないというではないですか！

あの女は金之助《きんのすけ》の病中に、囲碁《いご》のお弟子《でし》で、町の豪商《ごうしょう》だったなにがしの弟と怪《あや》しい仲になってしまったのだそうです。

しかもそのせいで、金之助《きんのすけ》の病気はさらに重くなりました。でも、それを気の毒《どく》にも思わず、ついには乳飲《ちの》み子を置き去りにして、駆《か》け落ちしてしまったのだといいます。

老僧《ろうそう》は、さらに父が病中、母のことを恨《うら》んでののしっていたことや、死の間際《まぎわ》に親しくしていた友人の大塚剛蔵《おおつかごうぞう》にその子の行く末を頼《たの》んだことまで語ってくれました。

ただ、その駆《か》け落ち女が、すなわち高橋梅《うめ》だということはだれも知りません。実際《じっさい》、ぼくも証拠《しょうこ》をみつけたわけではありません。

けれども老僧《ろうそう》が、お信《のぶ》のことをいろいろ語ってくれるうちに、ぼくの中で、今の義母《ぎぼ》の梅《うめ》こそが、ぼくの実の母のお信《のぶ》にほかならないと確信《かくしん》してしまったのです。

ぼくは、この山口ですぐに死んでしまおうと思いました。

実際《じっさい》に、あのとき、思い切って自殺《じさつ》していたら、むしろぼくは幸いだったかもしれません。

けれどもぼくは横浜《よこはま》に戻《もど》りました。

一つには、やはり、それでも確《たし》かな証拠《しょうこ》を得《え》たいと思ったからです。

もう一つは、妻《つま》の里子です。ぼくは彼女《かのじょ》に引き寄《よ》せられたのです、里子は、ともかく血のつながった妹です。となるとぼくたちの結婚《けっこん》は法的に認《みと》められません。あきらかに不倫《ふりん》、つまり人としての倫理《りんり》にも反します。

ただ頭では理解《りかい》しても、ぼくは里子をどうしても妹だと考えられませんでした。

人の心ほど不思議なものはありません。

たとえ法に反しても、不倫《ふりん》という言葉は愛という事実には勝てないのです。

ぼくと里子の愛が、ぼくを苦しめるとさっき言ったのは、まさにこのことをさします。

ぼくは里子になにもつげずにただ抱《だ》きしめて泣きました。なんどもなんども、泣きました。そして、ぼくは義母《ぎぼ》と同じくもの狂《ぐる》おしくふるまうようになったのです。

かわいそうなのは里子です。

いったいどうしたのか、なぜそうなったのかわからないので、彼女《かのじょ》はただ戸惑《とまど》うばかりでした。

でもそのうち里子は、義母《ぎぼ》と同じようにこれは怨霊《おんりょう》のしわざと信じるようになり、不動明王を拝《おが》むようになりました。

しかし里子は怨霊《おんりょう》の本体は知りません。

ただ義母《ぎぼ》もぼくもこの怨霊《おんりょう》に苦しめられていると思い、いっしょうけんめい母と夫であるぼくを救《すく》おうとしているのです。

ぼくはなるべく義母《ぎぼ》を見ないようにしました。義母《ぎぼ》のほうも、ぼくに会いたくないようです。だってそうでしょうね。

義母《ぎぼ》の目には、ぼくが怨霊《おんりょう》の顔と同じに見えるはずですから当然です。だって、ぼくは怨霊《おんりょう》の子なのですから。

この世に生まれたからには、ぼくは母を母として愛さなければならないはずです。けれども、その母が、ぼくの父が重病で瀕死《ひんし》のときに捨《す》て、乳飲《ちの》み子のぼくをその死の床《とこ》にある父のわきに置き去りにし、男と走ったことを思うと、口にしてはいけない怨恨《えんこん》の情《じょう》がぼくのなかにふつふつと湧《わ》き起こるのです。

ぼくの耳には、亡《な》き父の母への罵声《ばせい》が聞こえてくるのです。ぼくの目には、つかれはてたからだを起こしながら、なにも知らない幼《おさ》な子を抱《だ》きしめながら、男泣きに泣く姿《すがた》が映《うつ》るのです。

そしてその声を聞き、その姿《すがた》を心の目で見るぼくのなかに、怨霊《おんりょう》の気配が乗り移《うつ》ってくるのです。

夕暮《ゆうぐ》れのほの暗い時間に、家の柱にもたれていたぼくが、とつぜん目をかっと見開いて、息をこらして天の一方をにらむ様子を見たなら、母でなくとも逃《に》げ出すでしょう。

いや母ならば気絶《きぜつ》するでしょう。

けれども僕《ぼく》は里子のことを思うと、恨《うら》みも怒《いか》りも消えて、ただかぎりない悲しみのなかに沈《しず》んでしまうのです。

この悲しみの底で、愛と絶望《ぜつぼう》が互《たが》いに戦っているのです。


そして、九月になりました。

ぼくはあまりの苦しさに耐《た》えきれなくなって、それまでほとんどのまなかった酒に手を出すようになってしまいました。

昼間のうちから里子の止めるのもきかず、飲めるだけ飲んで、居間《いま》のまんなかで大の字になってひっくりかえっていると、母がとつぜん鎌倉《かまくら》から帰ってきて、里子だけを母の部屋に呼《よ》びつけました。

ぼくはひどく酔《よ》っていながらも、それがいつもとは違《ちが》いただごとではないなと感じていました。

それから一時間ばかりたったころでしょうか。

里子が目を泣き腫《は》らしながら、ぼくのそばに戻《もど》ってきました。

『どうしたのだ？』

ときくと、里子はなにも答えず、その場に突《つ》っ伏《ぷ》して泣きだしたのです。

『お母さんが、ぼくと離婚《りこん》しろと言ったのか？　家から追い出せと、そうだろ？』

ぼくがどなると、里子はあわてて、

『だからね、お母さんが何と言ってもあなたは気にしないでください。あの人はいまおかしくなっているんだから、何を言ってもうっちゃっておけばいいのよ。ね、お願いですから』

と声をふるわせました。

でも、ぼくは怒《いか》りにまかせて、

『そういうことなら』

と、いきなり母の居間《いま》に突入《とつにゅう》していったのです。

止めるひまもなかったので、里子はぼくにつづいて部屋に入ってきました。

ぼくは母のまえにすわると、

『あなたはぼくたちを離婚《りこん》させて家から出すと里子に言ったそうですが、そのわけを聞きましょう。離婚《りこん》するならそうしてもいいですよ。むしろ、それこそぼくの望みだ。けれどもわけは聞きます、さあ、さあ、おっしゃい』

酒の酔《よ》いにまかせて、ぼくは母につめよりました。

母は、ぼくの剣幕《けんまく》に、ただもうびっくりして口がきけません。一言もいえずにぼくを見ているばかりでした。

そこでさらにぼくは言い放ちました。

『さあ、わけをききましょう。怨霊《おんりょう》がぼくに乗り移《うつ》ってしまったから気味が悪いのですね。それはそうでしょう、さぞ気味が悪いと思いますよ。なにしろ、ぼくは怨《おん》霊《りょう》の子にほかならないのですから』

すると見る見るうちに母の顔色は変わり、もうものも言わずに、部屋の外へ飛び出していってしまったのでした。

ぼくはといえば、急に酔《よ》いがまわり、そのまま母の居間《いま》に寝《ね》てしまいました。

目が覚めると、酒の酔《よ》いもさめていました。

里子が心配そうにそばにすわってぼくをのぞきこんでいました。

母のほうは、そのまま鎌倉《かまくら》に引き返したそうです。

それきり、ぼくは母に会っていません。

母に代わって、ぼくが鎌倉《かまくら》にきたのですが、入れ替《か》わりに母は横浜《よこはま》に戻《もど》ったので。

それからは、里子が、鎌倉《かまくら》と横浜《よこはま》をいったりきたりしながら、ぼくと母の両方の面倒《めんどう》を見てくれているのです。

ふたりの不幸を、里子はひとりで受け止め、ただただ怨霊《おんりょう》のしわざと信じて。

里子は、ぼくと母の胸《むね》のうちにある苦悩《くのう》の正体を全然まるきり知らないのです。

いまのぼくは、酒を飲むことを、里子からも医師《いし》からも禁《きん》じられています。

けれどもどうでしょう。

こんな目にあっているぼくが、隠《かく》れてブランデーを飲んではいけないのでしょうか？

今のぼくは、運命の鬼《おに》の力のまえにひれ伏《ふ》してしまっています。

自殺《じさつ》もできず、ただ自滅《じめつ》を待つだけの、ただのいくじなしに成り果ててしまったのです。

さて、どうでしょうか。

僕《ぼく》の今日までの生涯《しょうがい》について、ざっとお話しをさせてもらいました。

できればぼくの気持ちになって、考えてみてほしいのです。

このぼくの身に起きたことについて、これも結果にはかならず原因《げんいん》があるという原因《げんいん》結果の理法にすぎないというのでしょうか。

算数の計算式を見るような冷静な心でいられるものなのでしょうか。

産みの母は、父の仇《かたき》です。最愛の妻《つま》は、実の妹です。

これが冷たい事実です。そしてぼくの運命なんです。

もし、この運命から、ぼくを救《すく》い出せる人がいたら、つつしんで教えを受けましょう。その方はぼくの救《すく》い主なのですから」

七

おれは、高橋信造《たかはししんぞう》の話が終わるまでなにも話さなかった。

そして聞き終わって、なおしばらくは一言も発しなかった。できなかったのだ。

目の前にいる男を、なるほど悲惨《ひさん》な境遇《きょうぐう》に陥《おちい》ってしまったんだなと、つくづく気の毒《どく》に思ったのである。

けれどもしょうがないことかもしれない。

「やはり、離婚《りこん》なさったらどうです」

おれはそうつげた。

すると高橋は、首を振《ふ》った。

「それに何の意味があります、ただ新しい事実をまた作るだけです。そうしたところで、すでに起きてしまった事実は消えないですよ」

「そうでしょうけど、やむをえないでしょうに」

「だから運命なのです」

高橋は繰《く》り返した。

「里子と離婚《りこん》したところで、産みの母が父の仇《あだ》である事実は消えません。離婚《りこん》したところで妹を、妻《つま》として愛する僕《ぼく》の愛も変わりません。この過去《かこ》の事実を消すことができないかぎり、人は、到底《とうてい》、この運命の力から逃《のが》れることはできないでしょう」

おれは握手《あくしゅ》し、だまっておじぎをして、この不幸な青年紳士《しんし》と別れた。日はすでに落ち、わずかな金色の光が、夕方の雲を染《そ》めるばかりだった。ふりむくと、この運命論者《うんめいろんじゃ》の男は、寂《さび》しい砂山《すなやま》のてっぺんに立って、はるか沖のほうをじっと眺《なが》めていた。


その後、おれはこの男に会っていない。

解説《かいせつ》

国木田独歩《くにきだどっぽ》の歩んだ道

那須田 淳

国木田独歩の世界にようこそ。いきなりですが、みなさんは、この独歩というペンネームをどう思いましたか？

独歩の時代には、父親から「小説なんかやめてくたばってしまえ」と言われ、その反骨精神《はんこつせいしん》から作家になった二葉亭四迷《ふたばていしめい》をはじめ、けっこうインパクトのあるペンネームを使う作家が多かったのですが、独歩もなかなか味がある名前ですよね。

独歩は、この本に収《おさ》めた「武蔵野《むさしの》」のように、ひとりで野山を歩くというようなイメージがあります。でも、じつは中国の古典『荘子《そうし》』に出てくる「独歩」の言葉からとったとも言われているのです。

それによると「独歩」には、他人に頼《たよ》らず、自分の信念を持って独自《どくじ》の道を歩むという意味があるそうです。

独歩は、少年時代、当時、福沢諭吉《ふくざわゆきち》の『学問のすすめ』とならぶベストセラーだった『西国立志編《さいごくりっしへん》』（別訳名《やくめい》『自助論《じじょろん》』）を愛読していたと言われます。この本は、サミュエル・スマイルズが書いた『Self-Help』を、中村正直《まさなお》が翻訳《ほんやく》したもので、西洋の成功哲学《てつがく》を紹介《しょうかい》し、努力や独立《どくりつ》の重要性《せい》を説きました。

その序文《じょぶん》に、「天は自ら助くる者を助く」という有名な言葉があります。人に頼《たよ》らず、自ら努力せよという意味があります。

「独歩」のペンネームにも、もしかしたらそんな気持ちが込《こ》められていたのではないでしょうか。

それでは、その独歩の歩いた道をもう少しさぐってみましょう。

少年時代と上京

独歩は一八七一（明治四）年、千葉県銚子《ちょうし》市で生まれました。

幼名《ようめい》は亀吉《かめきち》で、のちに哲夫《てつお》とあらためています。

じつはこの独歩には出生の秘密《ひみつ》があったのです。

父は、旧龍《きゅうたつ》野藩《のはん》（いまの兵庫県たつの市）の武士《ぶし》でしたが、明治となってすぐに藩船《はんせん》で航行《こうこう》中に暴風《ぼうふう》にあい、銚子《ちょうし》沖《おき》で遭難《そうなん》。救助《きゅうじょ》されたとき世話をしてくれた母と知り合い、独歩が生まれました。

でも、この両親には問題がありました。父親は故郷《こきょう》に妻《つま》がいて、簡単《かんたん》に離婚《りこん》できなかったのです。また母には死別した前夫がいました。でも、戸籍《こせき》をつくらなければいけません。そのためなんと独歩は、母の前夫の子にされてしまったのです。これには江戸《えど》から明治に変わった時代の影響《えいきょう》があったのかもしれません。

その後、父親は裁判所《さいばんしょ》の裁判官《さいばんかん》になり、独歩が実の父の戸籍《こせき》に養子として迎《むか》えられたのは、十四歳《さい》の時のことです。

ほんとうは、自分は誰《だれ》の子どもなのだろう。

独歩は幼《おさな》い頃《ころ》からそのことで人知れず悩《なや》んでいたといいますが、それが文学や詩に惹《ひ》かれるきっかけになったのかもしれません。

不幸は続きます。

独歩は、十五歳《さい》で山口中学に合格《ごうかく》し、寄宿《きしゅく》学校に入りました。当時の中学は、官僚《かんりょう》や医者、教師《きょうし》などの職業《しょくぎょう》に就《つ》くことを目指す子どもが中心で、入学するのは村に一人ぐらいというういわゆるエリートコースだったのです。

ところが父親が裁判所《さいばんしょ》をやめ、生活が苦しくなったことや学制改革《がくせいかいかく》の影響《えいきょう》で退学《たいがく》しなければならなくなり、家族の反対を押《お》し切りひとり東京に出て、神田の法律専《ほうりつせん》門《もん》学校に入り、その後、十八歳《さい》で、東京専門《せんもん》学校（いまの早稲田《わせだ》大学）に入り、英語を学びました。

この頃《ころ》、吉田松陰《よしだしょういん》や明治維新《いしん》に興味《きょうみ》を持ち、学生運動にも参加。すぐに徳富蘇峰《とくとみそほう》との出会いが大きな転機となり、文学の道を志《こころざ》します。この年、処女《しょじょ》作「アンビシヨン（野望論《ろん》）」を雑誌《ざっし》「女学雑誌《ざっし》」に発表し、文章を書く楽しさを知りました。一方で、キリスト教にも感化され、教会に通い、植村正久《うえむらまさひさ》に洗礼《せんれい》を受けます。

恋愛《れんあい》　そして作家へ

学校を辞めた後、山口県田布施町《たぶせ》に移《うつ》り住み、独歩は英語教師《きょうし》として働きながら地元の子どもたちに英語や作文を教えました。独歩は月琴《げっきん》を弾《ひ》くのがうまく、子どもたちや娘《むすめ》たちに人気があったそうです。

そんなある日、家庭教師《きょうし》をしたのがきっかけで、独歩は、美少女、石崎トミに出会い恋《こい》に落ちました。ところが、彼《かれ》の熱心なキリスト教信仰《しんこう》が原因《げんいん》で、トミの父親に反対され結婚《けっこん》は叶《かな》いませんでした。

この失恋《しつれん》は独歩に深い影響《えいきょう》を与《あた》え、詩に書き、後の作品「帰去来《ききょらい》」や「酒中日記《しゅちゅうにっき》」にその心情《しんじょう》が反映《はんえい》されています。

その後、徳富蘇峰《とくとみそほう》の紹介《しょうかい》で大分県の鶴谷《つるたに》学館で教師《きょうし》として働きましたが、キリスト教信仰《しんこう》を嫌《きら》う周囲《しゅうい》との対立により退職《たいしょく》することに。

失意のうちに再《ふた》び上京し、新聞記者として働き始めます。その後の独歩の文学のもとになるとも言われ、日々感じたことを書き綴《つづ》った日記『欺《あざむ》かざるの記』をつけはじめたのは、一八九三（明治二十六）年二月四日のことです。この日記は一八九七（明治三十）年五月十八日まで続けられました。

一八九四（明治二十七）年、日清戦争が勃発《ぼっぱつ》すると、国民新聞の海軍の従軍《じゅうぐん》記者として前線に派遣《はけん》され、戦場の様子を生々しく記録しました。また、戦地から弟への手紙という形のエッセイ「愛弟《あいてい》通信」を連載《れんさい》し、評判《ひょうばん》を呼《よ》び、注目され始めます。

このときの戦場でのリアルな経験《けいけん》は彼《かれ》の文学観に大きな影響《えいきょう》を与《あた》え、のちの作品に反映《はんえい》されるテーマの一つとなりました。

そして戦後、新聞社を通じて出会った美しく聡明《そうめい》な女性《じょせい》・佐々城信子《ささきのぶこ》と恋《こい》に落ち、反対を乗り越《こ》えて結婚《けっこん》します。

このときから、独歩のペンネームをつかって、作家としての活動が増《ふ》え、雑誌《ざっし》に短編《たんぺん》や詩を相次いで発表し、子どものための文学にも関心をいだき、少年向けの伝記小説などを発表。ただ、文筆業だけで食べていくのは厳《きび》しく、貧困《ひんこん》から不和になり、信子とはわずか一年で離婚《りこん》してしまうのです。

この信子については、のちに有島武郎《ありしまたけお》が『或《あ》る女』という小説のモデルにしたことで知られています。


失意の中で独歩は海外に行こうともしたがそれも実現《じつげん》できず、キリスト教の婦人《ふじん》雑誌《ざっし》に遠山雪子の名前で、また別の雑誌《ざっし》には、江戸楼主人の名前で作品を発表するなどして生活費《ひ》をなんとか稼《かせ》いですごしていました。

その頃《ころ》、下宿先の隣《となり》に住む榎本治子《えのもとはるこ》と知り合いました。

独歩は治子《はるこ》と共著《きょうちょ》で詩集を出すほど親しくなり、一八九八年に再婚《さいこん》。治子《はるこ》にささえられ、独歩は文学活動を続け、ツルゲーネフの小説を訳《やく》した二葉亭《ふたばてい》四迷《しめい》の「あいびき」に影響《えいきょう》を受け、小説「今の武蔵野《むさしの》」（のちに「武蔵野《むさしの》」と改題）や「初恋《はつこい》」などを発表しました。

さらに一九〇一年にははじめての作品集『武蔵野《むさしの》』を出版《しゅっぱん》。しかし、当時はあまり評価《ひょうか》されず、作品の売り上げも伸《の》びませんでした。

雑誌《ざっし》編集《へんしゅう》と出版《しゅっぱん》事業　そして晩年《ばんねん》

そこで独歩は、作家としてだけでなく雑誌《ざっし》編集《へんしゅう》などに携《たずさ》わるようになります。独歩は、最初は『報知《ほうち》新聞』に記者として入りましたが、その後、政治家《せいじか》・星亨《ほしとおる》の機関紙『民声新報《みんせいしんぽう》』で編集長《へんしゅうちょう》を務《つと》めます。しかし、星が暗殺《あんさつ》されてしまったため退社《たいしゃ》。その後、妻《つま》の治子《はるこ》や子どもたちを治子《はるこ》の実家に預《あず》けて、作家仲間と鎌倉《かまくら》で共同生活を送ります。

一九〇三年には、雑誌《ざっし》『東洋画報《がほう》』の編集長《へんしゅうちょう》になり、斬新《ざんしん》なアイデアで戦争や社会の様子を伝えました。

特に日露《にちろ》戦争の時期に『戦時画報《がほう》』を発行し、戦場の写真や漫画《まんが》を掲載《けいさい》して多くの読者を獲得《かくとく》。最盛期《さいせいき》には月十万部も売れる人気雑誌《ざっし》に育てました。

日露《にちろ》戦争が終わると、独歩はさらに新しい雑誌《ざっし》を次々と企画《きかく》しました。子ども向けの『少年知識画報《ちしきがほう》』や女性《じょせい》向けの『婦人画報《ふじんがほう》』、ビジネスマン向けの『実業画報《がほう》』

など、多様なジャンルの雑誌《ざっし》を作り出しました。

中には芸妓《げいぎ》の写真を集めた『美観画報《びかんがほう》』や、西洋の名画を紹介《しょうかい》する『西洋近世名画集』などユニークなものもありました。

そして一九〇六年、独歩は自ら出版社《しゅっぱんしゃ》「独歩社」を設立《せつりつ》し、『近事画報《きんじがほう》』などの発行を続けました。彼《かれ》のもとには、画家や作家たちが集まり、創作《そうさく》活動を支《ささ》えました。また、マンガ雑誌《ざっし》『上等ポンチ』を出版《しゅっぱん》し、新しい分野にも挑戦《ちょうせん》したのです。

ところが社会不況《ふきょう》の影響《えいきょう》があり、せっかくつくった出版社《しゅっぱんしゃ》はその翌年《よくねん》に倒産《とうさん》してしまいます。

しかも独歩は肺結核《はいけっかく》におかされてしまったのです。

生活苦と病気に苦しむそんな中、前年に出版《しゅっぱん》した短編集《たんぺんしゅう》『運命』がとつぜん注目され、独歩の名前がもてはやされるようになりました。

そしてこれまでに刊行《かんこう》した作品も、あらためて広く読まれるようになったのです。

作家としてやっと認《みと》められ、さあこれからというとき、けれども運命は彼《かれ》をほっておいてはくれなかったのです。

一九〇八年、独歩は三十六歳《さい》で亡《な》くなりました。そのはやすぎる死に、出版界《しゅっぱんかい》は大きな喪失感《そうしつ》にしずんだとされています。

作品の解説《かいせつ》

「武蔵野《むさしの》」

国木田独歩の「武蔵野《むさしの》」は、東京の西部や埼玉、神奈川あたりに広がっていた広々とした自然の風景を美しく描《えが》いた作品です。この話は、もとは「武蔵野《むさしの》」という詩で、それを「今の武蔵野《むさしの》」という題名で小説として、一八九八年に雑誌《ざっし》『国民之友《の》』に発表されました。その後、一九〇一年に改めて『武蔵野《むさしの》』という名前で出版《しゅっぱん》されたのです。

独歩は、武蔵野《むさしの》の広い野原や、そこに生えるすすき、空に浮《う》かぶ月、そして静かな夜の風景を、まるで絵を描《えが》くように詳《くわ》しく言葉で表現《ひょうげん》しています。

この話の元になるのは、独歩がつけていた日記「欺《あざむ》かざるの記」です。

当時、独歩は一八九六（明治二十九）年九月から翌年《よくねん》春まで、渋谷《しぶや》区宇田川町《うだがわちょう》にひとりで住んでいました。最初の妻《つま》、信子と不仲になり、離婚《りこん》して悲しみに沈《しず》んでいた頃《ころ》です。

「武蔵野《むさしの》」は、信子とふたりで散策《さんさく》した思い出の地でもありました。その地について書こうと思い立ったのは、独歩が自然の中で自分自身をみつめようとしたからかもしれません。

このころの日記には、友人たちとツルゲーネフの作品について語らったことや、あの「蛍の光《ほたる》」で有名なスコットランドの詩人ロバート・バーンズの詩「我《わ》が心、高原にあり」を愛読していたことが書かれています。

この作品では、たんに自然の美しさへの讃美《さんび》だけでなく、そこに暮《く》らす人々の生活や、自然と人間がどのようにつながっているかにも触《ふ》れていますね。当時の人々が自然と共に生きていた様子がリアルに伝わるようになっているのです。そのため、どこか懐《なつ》かしく、昔の日本の風景を知るきっかけとしても、今でも多くの人に読み継《つ》がれているのかもしれません。

なお、この原文では、主人公は自らのことを「自分」と表記していますが、「スラよみ！」では、あえて「おれ」とさせていただきました。現代語《げんだいご》に直したとき、独歩なら「ぼく」か「おれ」だろうなと感じたからです。気になるようでしたらもうしわけないです。

「初恋《はつこい》」

この話は一九〇〇年に、総合文芸雑誌《そうごうざっし》として注目されていた月刊《げっかん》「太平洋」に掲《けい》載《さい》されたものです。

主人公は散歩をしていて、ある日、可愛《かわい》らしい少女愛子に出会い、彼女《かのじょ》のことを好きになります。でも、その心情《しんじょう》にはあえて書きふれずに、少女の連れであった老学者の大沢《おおさわ》先生とのやりとりを中心として物語を展開《てんかい》させるという手法をとっています。

ちょっと生意気な中学生が、はじめての恋《こい》にドキドキしながら、ただ、そばにいるだけで嬉《うれ》しいという様子が見事に伝わってきませんか。

内容《ないよう》は軽妙《けいみょう》ですが、心情《しんじょう》をあえておさえて、なにげない日常《にちじょう》を描《えが》きながら、人の心の中をのぞかせるという技法《ぎほう》に、自然主義《しゅぎ》文学の芽生えを読み取れる作品になっていると思います。

「非凡《ひぼん》なる凡人《ぼんじん》」

一九〇三年にいまでいう少年雑誌《ざっし》「中学世界」に掲載《けいさい》されました。

独歩には「運命論者《うんめいろんじゃ》」のような主人公が内向的で暗いものがありますが、もう一方で「初恋《はつこい》」のような明るい前向きな作品もあるのです。この「非凡《ひぼん》なる凡人《ぼんじん》」も後者の代表みたいなものでしょう。

この小説の主人公、桂正作《かつらしょうさく》くんは、もと武士《ぶし》の子でした。実在《じつざい》のモデルがいたといわれていますが、あくまで物語の中の人物として触《ふ》れておきます。

正作《しょうさく》くんの家では、明治のはじめに流行語になったような「武士《ぶし》の商法」の典型《てんけい》のように、父は事業に失敗、破産《はさん》して一家は貧困《ひんこん》の中で困窮《こんきゅう》してしまうのです。それでも正作《しょうさく》くんは、愛読していた『西国立志編《さいごくりっしへん》』にはげまされ、独力《どくりょく》で自分の運命を切り開こうとします。

この『西国立志編《さいごくりっしへん》』は、前述《ぜんじゅつ》のように独歩自身も愛読していた当時のベストセラーでした。イギリスやアメリカなど西洋で成功した実業家や科学者、文学者たちの生き方や考え方を紹介《しょうかい》したものです。

「成功するためには、他人に頼《たよ》るのではなく、自分の努力で道を切り開くこと」「毎日の仕事や行いに真面目に取り組むことが、人生を豊《ゆた》かにすることになる」「失敗は恐《おそ》れない。失敗を乗り越《こ》えることで、人間は成長し、より大きな成功をつかむことができる」と説いて、実在《じつざい》の著名《ちょめい》な人物のエピソードあげて、実際《じっさい》にどのような努力をしたのかを伝えて、当時の若《わか》い人たちの心をつかんだとされています。

たとえばトヨタ自動車の生みの親で、日本の紡績《ぼうせき》を世界に広めた豊田佐吉《とよださきち》も、この本に影響《えいきょう》され、発明家の道を目指しました。

ただ、豊田佐吉《とよださきち》のような成功者は天才、つまり「非凡人《ひぼんじん》」なのかもしれません。ここに出てくる正作《しょうさく》くんは、とはいえ偉人《いじん》ではありません。

「Self-Help」の精神《せいしん》をもちつつ一生懸命《いっしょうけんめい》に生きたその他大勢《おおぜい》の人でしょう。

それでも、目標定め、努力し、正作《しょうさく》くんは一歩一歩前にすすんでいくのです。

地元で懸命《けんめい》に働いてお金を貯《た》め、上京して、工業関係の学校に入り、電気関係の資格《しかく》をとり、横浜《よこはま》の会社に就職《しゅうしょく》します。そこに天才的なひらめきもなく、立身出世して成功したみたいなハッピーエンドな結末もありません。

でも、まっとうに働き、家族のめんどうを見ながら、地に足をつけて働いています。その働く姿《すがた》を垣間見《かいまみ》た、友人である語り手の「ぼく」はその生き方に感動してしまうのです。

まさに独歩の人間への愛情《あいじょう》あふれる人間讃歌《さんか》ではないでしょうか。

読んでいて、人間としての幸せとは何かも考えさせられる傑作《けっさく》のひとつだと思われます。

「運命論者《うんめいろんじゃ》」

この作品は、一九〇三年に雑誌《ざっし》「山比古《やまびこ》」に発表された短編《たんぺん》小説で、その後、一九〇六年に出版《しゅっぱん》された短編集《たんぺんしゅう》『運命』に収録《しゅうろく》されました。作品を読んだ後、すぐにみなさんは、あれ、独歩自身の出生の秘密《ひみつ》と重なるのでは？　と思われたのではないでしょうか。

主人公の「おれ」に、運命論《ろん》を説く高橋信造《たかはししんぞう》の生い立ちは、自分の本当の父親はだれか？　で悩《なや》んでいた少年時代の独歩が抱《かか》えていた問題でもありました。

でもこの物語は、その後にびっくりするような運命が待ち受けていましたよね。「運命論者《うんめいろんじゃ》」は、人間がどれだけ努力しても逃《のが》れることのできない「運命」というものをテーマにした物語です。

高橋信造《たかはししんぞう》は、自分の人生が全て決められたものであり、努力や行動によって変えられないと考える運命論《ろん》を説きます。

そしてこの考え方を通して、人間の意思や行動がどこまで運命に逆《さか》らえるのか、または運命に従《したが》うべきなのかという深い問いを投げかけていくのです。

国木田独歩は、この作品で、主人公の心理描写《びょうしゃ》を丁寧《ていねい》に行い、人間が抱《かか》える根本的な不安や葛藤《かっとう》をリアルに描《えが》き出しました。

明治の終わりは、日本はいわゆる近代化の中で急速な変化をして、多くの人が新しい価値観《かちかん》と伝統《でんとう》のあいだで悩《なや》んでいました。

一方で、家族の在《あ》り方は江戸《えど》時代より厳《きび》しくなったのです。

とくに明治の民法では、男女の格差《かくさ》は厳《きび》しく、結婚《けっこん》したら妻《つま》は夫の家に入り、夫の氏を称《しょう》しなければなりません。家は長男が継《つ》ぐこと、また、子どもが結婚《けっこん》する場合は戸主《こしゅ》である夫の許可《きょか》が必要。妻《つま》の財産《ざいさん》は夫が管理し、不倫《ふりん》しても、妻《つま》についてのみ罰《ばっ》し、夫の浮気《うわき》はおとがめなし。しかも、妻《つま》は、夫の許《ゆる》しがないと離婚《りこん》できなかったのです。

まさに男尊女卑《だんそんじょひ》ですよね。

今、考えるとちょっとあり得《え》ないように感じられますが、この影響《えいきょう》はいまもどこかに残っているかもしれません。

信造《しんぞう》のほんとうの母もたぶんこの制度《せいど》の犠牲者《ぎせいしゃ》で、離婚《りこん》ができず、好きな人と駆《か》け落ちをするしか、なかったのかもしれません。

独歩の場合も、自分の実父の養子になるみたいなおかしなことになってしまったのも、この民法よるところが大きいでしょう。そして若《わか》いころの二度の失恋《しつれん》も、この影響《えいきょう》が大きかったはずです。

なにかの出来事には原因《げんいん》がある。でも、原因《げんいん》が自分の力ではどうしようもないものだってあるのでは？　そう問いかける信造《しんぞう》は、まさに独歩の分身だったのかもしれません。

その切なさに、当時、多くの読者が共感とともに考えさせられたのではないでしょうか。

これはのちの作者の体験と心の動きを追う「私小説《ししょうせつ》」のはじまりのような作品でもあります。

独歩が残したもの・独歩文学の魅力《みりょく》について

さて、独歩が活躍《かつやく》した明治時代の後半からは、みなさんもご存知《ぞんじ》のようにいわゆる文豪《ぶんごう》と呼《よ》ばれる作家たちがつぎつぎに登場しました。森鷗外《もりおうがい》、夏目漱石《なつめそうせき》、樋口一葉《ひぐちいちよう》、島崎藤村《しまざきとうそん》、田山花袋《たやまかたい》、尾崎紅葉《おざきこうよう》、幸田露伴《こうだろはん》、与謝《よさ》野晶子《のあきこ》……。

もちろん国木田独歩もそういった明治の文豪《ぶんごう》のひとりです。

ただ、歩みのところで触《ふ》れたように、独歩の実際《じっさい》の作家としての活動は十年ぐらいしかなく、作家としてブレイクしたのは一九〇六年で、その二年後には病没《びょうぼつ》してしまうのです。

それなのに、文豪《ぶんごう》といえば、必ずその名前がでてきます。

それはなぜかというと、国木田独歩は日本の文学界において要《かなめ》になるとっても大切な作家だからです。

明治時代の後半から大正時代にかけて、日本の文学は、ロマン主義《しゅぎ》と自然主義《しゅぎ》のふたつの大きな流れがありました。

日本のロマン主義《しゅぎ》文学は、ヨーロッパの影響《えいきょう》で感情《かんじょう》や自然、美を大切にし、社会の常識《じょうしき》よりも、個人《こじん》の自由が大切ということをテーマにした理想を追う作品が多くあり、樋口一葉《ひぐちいちよう》や森鷗外《もりおうがい》が有名です。

もうひとつの自然主義《しゅぎ》は、現実《げんじつ》をそのままリアルに描《えが》く写実主義《しゅぎ》から始まり、人間の本当の姿《すがた》や弱さをありのまま描《えが》こうとした文学です。

自然主義《しゅぎ》というと、自然観察をしているみたいに思われがちですが、現実《げんじつ》の厳《きび》しさとともに、人の心、悩《なや》みや感情《かんじょう》を正直に描《えが》くことを大切にした作風と考えておいてください。

国木田独歩は、最初はロマン主義《しゅぎ》の作家でした。この本で取り上げた「武蔵野《むさしの》」でもわかるように、心に残る風景や感動を大切にしていたのです。

それが後に、「運命論者《うんめいろんじゃ》」などでは、人間の本当の姿《すがた》や社会の現実《げんじつ》を描《えが》くようになり、この自然主義《しゅぎ》文学の先駆者《せんくしゃ》になったのです。

独歩の作品の魅力《みりょく》には、自然を愛する心と現実《げんじつ》を見るまなざしの両方があるのかもしれませんね。

独歩の描《えが》いた作品やその表現《ひょうげん》方法は、その没後《ぼつご》も消えることなく、多くの人々の心に残りました。

とくに夏目漱石《なつめそうせき》や同世代の島崎藤村《しまざきとうそん》、田山花袋《たやまかたい》、さらにのちの芥川龍之介《あくたがわりゅうのすけ》に強く影響《えいきょう》を与《あた》えたと言われています。

以降《いこう》、この人の気持ちや生活をリアルに書く自然主義《しゅぎ》の表現《ひょうげん》スタイルは、すぐそのあとの時代に、谷崎潤一郎《たにざきじゅんいちろう》、志賀直哉《しがなおや》、武者小路実篤《むしゃのこうじさねあつ》、有島武郎《ありしまたけお》、菊池寛《きくちかん》などにも受け継《つ》がれ、川端康成《かわばたやすなり》、太宰治《だざいおさむ》を経《へ》て、今の作家たちへとつながっていきます。

さらに独歩は、一般《いっぱん》文芸だけでなく、児童文学のとくに中高生むきのヤングアダルト作品も手がけ、女性雑誌《じょせいざっし》や、写真雑誌《ざっし》にもチャレンジし、さらにはマンガ雑誌《ざっし》まで世に送り出しました。

つまり国木田独歩は、現代《げんだい》の出版《しゅっぱん》文化の生みの親のひとりでもあったのです。

参考文献

『国木田独歩集』現代日本文学全集14　筑摩書房　１９６７年
『国木田独歩集』日本近代文学体系　注釈・山田博光　角川書店　１９７０年
『青年時代の国木田独歩』著・谷林 博　柳井市立図書館　１９７０年　牧野出版（復刻版）２０００年
『国木田独歩　初期作品の世界』著・中島礼子　明治書院　１９８８年

現代語訳
那須田淳（なすだ・じゅん）

1959年、浜松市に生まれる。早稲田大学卒。主にYA・児童文学ジャンルで活躍中の作家。『ペーターという名のオオカミ』（小峰書店）で産経児童出版文化賞、坪田譲治文学賞を受賞。他、作品に『一億百万光年先に住むウサギ』（理論社）、『星空ロック』（あすなろ書房）などがある。

スラよみ！　日本文学名作シリーズ⑤
武蔵野

2025年3月初版
2025年3月第1刷発行

作　国木田独歩
現代語訳　那須田淳
発行者　鈴木博喜
発行所　株式会社理論社
〒101-0062　東京都千代田区神田駿河台2-5
電話　営業03-6264-8890
　　　編集03-6264-8891
URL https://www.rironsha.com

カバー画・挿画　クリハラタカシ
ブックデザイン　守先正
組版　アジュール
印刷・製本　中央精版印刷
編集　小宮山民人

ISBN978-4-652-20641-6　NDC913　四六判　19cm　P172

4 富嶽百景　太宰治

現代語訳＝黒野伸一

富士山が見える茶屋に逗留した「私」のエピソード。表題作他、『黄金風景』『女生徒』『走れメロス』を収録。太宰治の作品と人生の面白さを詰め込んだ最高傑作集。

5 武蔵野　国木田独歩

現代語訳＝那須田淳

郊外を散策し、自然の情景と人々との出会いを描く。表題作他、『初恋』『非凡なる凡人』『運命論者』を収録。観察眼がすごい、国木田独歩の面白さがわかる最高傑作集。

以下続刊